혼자 사는 여자

자취 12년차
싱글녀의
웃픈 서울살이,
웃픈 서른살이

혼자 사는 여자

글·그림 백두리

추수밭

어른으로 사느라 수고가 많은 당신에게

| Prologue |

누구나 한 번쯤 혼자 살아 보길 권하며

고등학교 시절, 방학 동안 서울에 있는 미술 학원에 다니기 위해 익산 집을 떠나 고시원에서 지낸 적이 있다. 좁은 고시원 방에는 싱글 사이즈보다 작은 침대와 팔꿈치가 겨우 들어갈 만한 너비의 책상이 전부였다. 하루를 마치고 돌아와 몸에 딱 맞는 침대에 누우면 벽이 내 몸을 조이려 다가오고 천장이 나를 덮치려 내려앉는 느낌이었다. 어릴 때부터 늘 언니와 함께 방을 써야 했기에 언제나 내 방을 갖는 것이 소원이었는데, 깜깜한 방에 혼자 누워 있으니 가족들이 있는 고향 집의 온기가 그리웠다. 언니와 투닥거리다 등 돌리고 눕더라도 그 옆에서 잠들고 싶었다.

입시 미술은 어렵고 막막했고, 깍쟁이처럼 보이는 서울 아이들은 신기하면서도 낯설어 어떻게 다가가야 할지 몰랐다. 한번은 저녁 무렵 신도림역에 갔는데, 그 넓은 공간에 사람들이 빽빽하게 들어차 있었다. 내가 살던 곳에서는 볼 수 없는 광경이어서 이렇게 많은 사람들이 다 어디서 온 걸까 싶었다. 커다란 환승역은 마치 모두들 자기 갈 길을 찾아 바쁘게 움직이는 개미굴 같았다. 나는 갈 길을 못 찾고 갈팡대다 사람들의 물결에 이리저리 떠밀렸다. 남들 눈에는 보이는 길이 내 눈에만 보이지 않는 건가 싶었다. 과연 내가 서울 사람들의 속도에 맞춰 따라갈 수 있을까, 아득해졌다.

이것이 서울살이와 혼자살이에 대한 나의 첫인상이다. 물론 지금은 혼자 사는 데 도가 튼 자취 12년차에, 아무리 복잡한 환승역에서도 헤매지 않는 내비게이션급 길 찾기 실력을 자랑한다. 이제 서울은 더 이상 처음의 기억처럼 서늘한 공간이 아니고, 혼자 사는 삶 역시 그렇게 외롭기만 한 것은 아니다. 하지만 그렇다고 그리 따뜻한 공간도, 외롭지 않은 것도 아니다.

지친 하루를 보낸 뒤 사람 온기 없는 불 꺼진 집에 들어갈 때, 〈무한도전〉이 눈물 날 정도로 재밌는데 그 순간 옆에서 같이 즐거워할 사람이 없어 아쉬울 때, 집에서 혼자 작업하다 클라이언트의 전화를 받고 나서야 내가 며칠 동안 한 마디도 하지 않았다는 걸 깨달을 때, 이웃이나 집주인과 문제가 생겼는데 내 편이 아무도 없을 때, 서울살이는 외롭고 서럽고 고단하다.

반대로 좋은 점도 많다. 나만의 공간을 내가 좋아하는 것들로만 채울 수 있다는 것, 사춘기보다 심각하다는 30대의 오춘기를 겪고 있는 내가 나에 대해 사색할 시간이 충분하다는 것, 이어폰을 끼지 않고도 음악을 크게 들을 수 있고, 누구의 눈치도 보지 않고 미친 듯이 춤추며 스트레스를 풀 수 있는 것, 샤워하고 나와 한동안 알몸으로 집 안을 돌아다녀도 그 누가 뭐라 하지 않는 것, 볼일 볼 때 화장실 문을 활짝 열고 봐도 아무 상관 없는 것, 먹고 싶을 때 먹고 씻고 싶을 때 씻고 울고 싶을 때 펑펑 울 수 있는 것, 누구에게 보고할 필요 없이 외박이나 여행이 가능하다는 것, 이것들로 이루어진 하루하루가 온전히 내 것으로 느껴진다는 것.

무엇보다 내가 느낀 혼자 살기의 가장 큰 매력은 나를 알아 가는 즐거움이다. 혼자 사는 것만큼 자신을 잘 알 수 있는 기회는 흔치 않다. 마트에서 물건을 사는 사소한 일부터 집 계약과 같은 중대한 문제까지 혼자 결정하고 해결해야 한다. 그 선택을 나 혼자 책임져야 하기에 내 한계를 경험하게 되기도 한다. 혼자 산다는 것은 곧 나를 돌아볼 기회가 자주 만들어진다는 뜻이기도 하다.

요즘에서야 나를 알아 가는 진정한 재미를 느끼고 있다. 한때는 누군가를 대할 때 드러나는 나의 성격, 타인이 발견해 주는 나의 숨겨진 매력이 내 모습의 전부라 생각하기도 했다. 그에 비하면 스스로 발견하는 또 다른 내 모습은 얼마나 신선한지 모른다. 그러니까 만일 누군가 독립해서 혼자 살아 볼까 고민하고 있다면, 나는 주저하지 않고 등을 떠밀어 줄 것이다.

가끔씩 밤 산책을 나갔다가 한밤중에도 꺼지지 않은 도시의 수많은 불빛들을 보면, 그 불빛 속에 혼자인 수많은 사람들을 상상하곤 한다. 특히 나처럼 홀로 이 거대한 도시에서 살아남기 위해 고군분투하며 20대를 보내고, 이제 정말 어른이 되어야만 하는 30대라는 시간을 살아 내고 있는 그녀들을 생각한다. 내가 겪은 일들, 내가 느낀 감정들을 그녀들도 겪고 느꼈겠지 생각하면 조금은 덜 쓸쓸한 듯한 기분이 든다. 선선한 가을밤, 그들 중 누군가와 편의점 캔 맥주를 나눠 마시며 그녀의 이야기를 듣고 '나도 그래요, 나도 그랬어요'라며 맞장구치고 싶어진다.

여기 담긴 그림들은 일기처럼, 혹은 나와 비슷한 누군가에게 쓰는 편지처럼 그려 왔던 것들이다. 결코 녹록하지만은 않았던 12년 독립생활 동안 그림 그리기와 글쓰기는 나를 위로하고 공허함을 채워 주는 친구가 되어 주었다. 이제 이 그림들이 당신에게도 위안과 휴식이 되었으면 좋겠다.

함께 수다를 떨고 싶은 마음으로, 당신에게 이 책을 보낸다.

2014년 초가을 밤,
백두리

Contents

Prologue | 누구나 한 번쯤 혼자 살아 보길 권하며 · 6

1 혼자 사는 여자

자취 12년차, TV 보면서 하는 일 · 15 홈웨어 쓰리콤보+옵션 · 16 소파가 필요한 이유 · 18 혼수로 가져가려고 했지 · 20 혼자 사는 여자의 요리 패턴 · 22 냉동실이 필요해 · 23 대화가 늘었어 · 24 혼자녀의 조건 1. 숙면 능력 · 26 혼자녀의 조건 2. 인격 분리 능력 · 28 단골의 비애 · 30 티가 나나 봐 · 32 이 지독한 놈 · 34 배부른 소리 하지 마 · 36 평소에 잘 사귀어 놓아야 해 · 37 라디오를 켜고 · 38 이제 명란젓은 안 먹을래 · 40 마음 편한 게 최고 · 41 혼자 가는 카페의 조건 · 42 공유와 소유 사이 · 44 '1'의 의미 · 46 극과 극의 마음 · 48 혼자들의 세상 · 50 눈치 주지 마 · 52 짠맛, 쓴맛, 단맛, 신맛, 엄마맛 · 54 맛집은 많지만 · 56 진짜 내 집 · 58 단서들 · 60

▸**혼자 사는 여자의 대화법 ❶** · 62

▸**혼자 사는 여자의 대화법 ❷** · 66

친절한 건강보험공단 씨 · 75 대화의 주제 · 76 그래 다 가 버려 · 78 중력의 위력 · 80 날고 있는 중, 떨어지는 중? · 81 예쁜 것 vs 편한 것 · 82 정리왕 · 84 모순이란 거 알지만 · 86 엉덩이의 추억 · 88 문제는 카메라가 아니야 · 89 꽃보다 힘 · 90 사심 · 92 결정적 한 방 · 94 기대와 배신 · 95 심심했던 거지 · 96 데드라인 · 98 계절은 언제나 갑자

기 · 100 가을 탓 · 101 진화와 퇴화 · 102 내 뜻대로 되는 건 뭐야 · 104 꼭꼭 숨어라 · 106 계절은 혼자 오지 않는다 · 107 겨울은 원래 추운 거야 · 108

▸**혼자 사는 여자의 건강법–내 몸은 내가 지킨다! · 110**

서른 속엔 어린이 들어 있어서

초여름의 조급함 · 121 ㅅ-어른 · 122 어쩌면 우리는 모두 초능력자 · 123 오늘도 친절 노동 · 124 위너와 루저만 있는 건 아냐 · 126 9와 0 사이 · 128 보물찾기 · 130 신도림역 · 132 오지랖만 커져서 · 134 남 탓 해 봐야 내 탓 · 136 몸에 쓸 에너지가 부족해 · 138 거울에 휘둘리지 말 것 · 140 용하다는 그 점쟁이 · 141 강철심장 · 142 나만 가득 · 144 습관 · 146 믿고 기다려 봐 · 148 작다고 생각될 때 · 150 어른의 기준 · 152 아직 오지 않은 타이밍 · 153 장담할 수 있어? · 154 매력적인 단점 · 156 솔직한 게 꼭 좋은 걸까 · 158 순간순간이 모여 · 160 봄에 대한 선입견 · 162 기다리다 · 164

▸**혼자 사는 여자를 위한 개인기 제안 · 165**

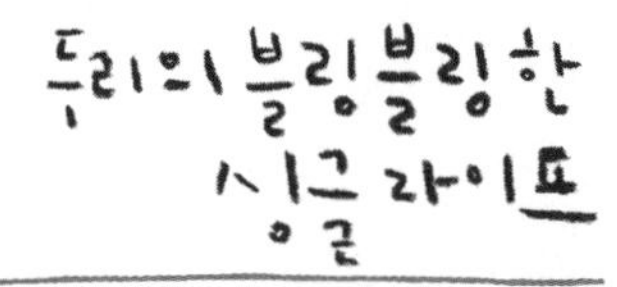

일상을 여행하듯 · 171 프리랜서는 급만남주의 · 172 일러스트레이터의 직업병 1. 파워 숄더 · 174 일러스트레이터의 직업병 2. 손목 통증 · 176 일러스트레이터의 직업병 3. 파스 사랑 · 177 아이라인을 바꿔야 할 때 · 178 그림과 마음의 동기화 · 180 살생의 유혹 · 182 아임 '낫' 어 모델 · 184 별을 가진 여자들 · 186 혼자녀의 특권 · 188 고운 피부와 날씬한 배

를 맞바꾸는 법 · 189 댄스타임 롸잇 나우 · 190 에브리데이 홀리데이 · 192 두리, 도리, 도라 · 194 특별한 통로 · 196 예민하고 소심한 누군가에게 · 198 옷장 속 블랙홀 · 199 식탐은 체질도 이긴다 · 200 스트레스 해소 패턴 · 201 연료 충전 · 202

▸숨겨 둔 동거인 ❶ 반려식물 이야기 · 204

늘 함께는 아니지만

텔레파시 · 213 두 번째 독립 · 214 자매애란 이런 것 · 216 옷장 전쟁 할 때가 좋은 시절 · 218 유도 자매 · 220 언제나 내 앞에서 · 222 도둑딸 · 224 제일 예쁜 엄마 · 226 아빠들은 왜 · 228 나를 아프게 하지 않으려고 · 230 열아홉 타임머신 · 232 도플갱어 · 234 익숙하다는 것 · 236 가장 공평한 관계 · 238 한번 금이 가면 · 240 미움의 무한 연쇄 · 242 언제나 처음처럼 · 244 높을수록 깊어져 · 246 인연날리기 · 248 네가 있었던 곳 · 250 취중진담 · 251 성급한 일반화는 사양함 · 252

▸숨겨 둔 동거인 ❷ 철수와 업시 · 254

오늘도 꿈틀꿈틀 몽글몽글 숨 쉬는 두리의 방 · 262

혼자 사는 여자

내가 초대한 공기, 내가 만든 구석 먼지,
내가 바꾼 베란다 풍경 등
모든 것에 '내 것'이 붙는다.
잡지에서 보던 '화려한 싱글 라이프'와는
거리가 먼 현실에 실망할 수도 있지만
누군가와 함께 지낼 때는 몰랐던
나의 또 다른 면을 알아 가는 재미,
나를 나타내는 단서를 흘리는 재미는
그 무엇보다 크다.

발톱 깎는 중 아니야.

자취 12년차, TV 보면서 하는 일

페디큐어 하는 중은 더더욱 아니고.

냉동실에 쟁여 놓을 마늘 깐다.

홈웨어 쓰리콤보+옵션

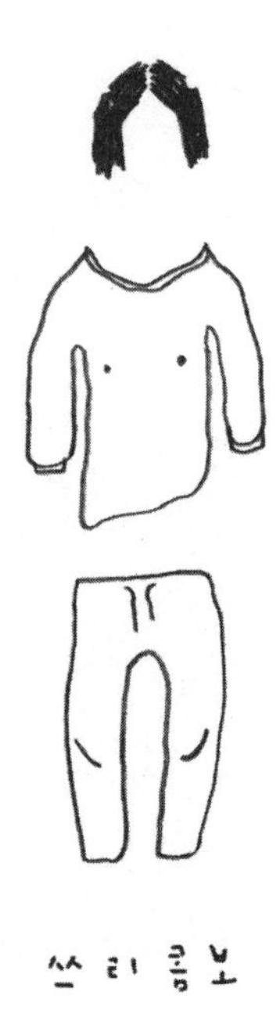

떡진 머리
노브라
무릎 나온 추리닝.

집에 있을 때는 이렇게 쓰리콤보를 갖추고 있는데
택배 아저씨, 정수기 관리 아주머니, 가스 검침원 등
누군가 갑자기 들이닥치면 옵션을 장착한다.

노브라를 감출 두꺼운 스웨터.

바닥에 앉아 책을 읽었다.

소파가 필요한 이유

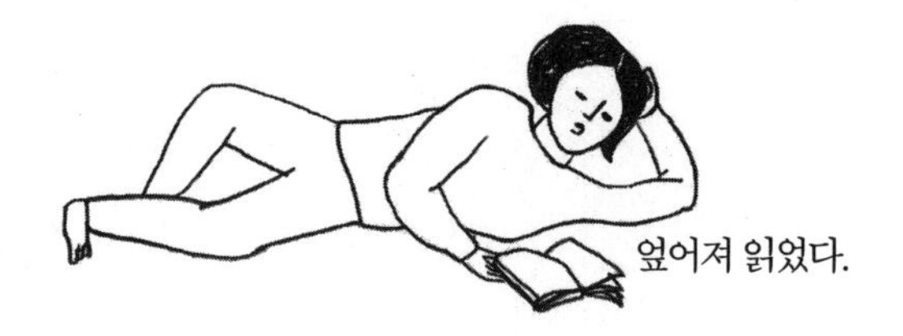

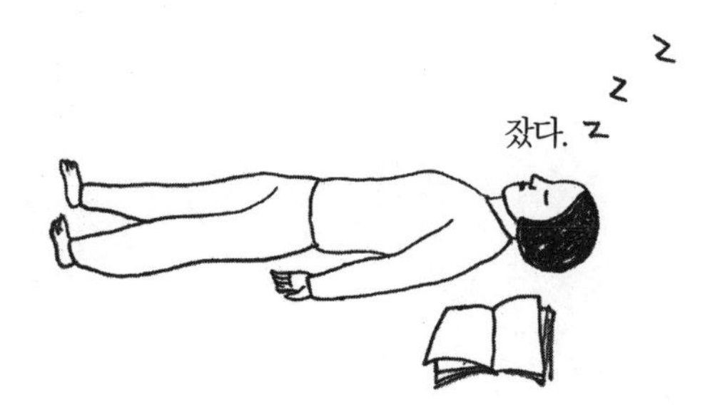

손님이 집에 왔다. 바닥에 앉아 대화한다.

한 명이 옆으로 기댄다.

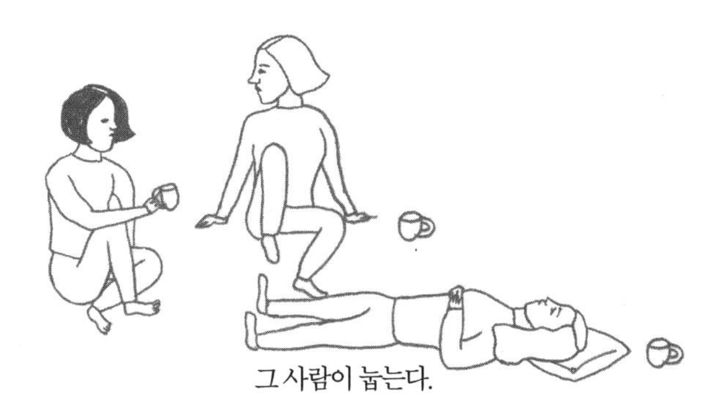

그 사람이 눕는다.

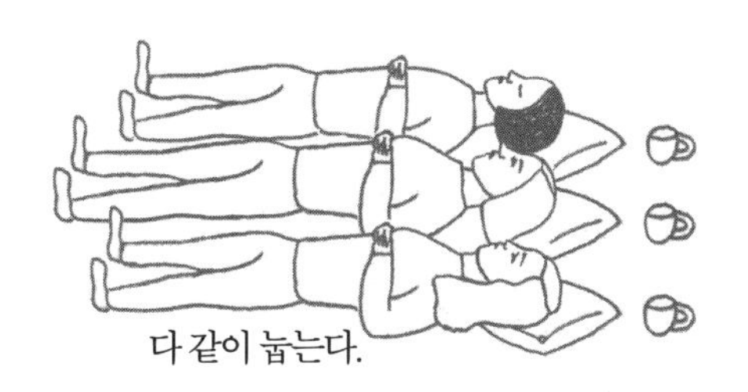

다 같이 눕는다.

혼수로 가져가려고 했지

밥통의 고무 패킹이 헐거워져 밥할 때마다 물이 질질 새도
김치냉장고는 한국인에게 필수품이라는 생각이 들어도
10년 쓴 통돌이 말고 드럼세탁기를 갖고 싶은 마음이 들어도
중구난방 밥그릇 국그릇에 대충 먹다가 예쁜 식기세트가 눈에 띄어도
'곧 시집갈 텐데 혼수로 장만하지 뭐'라고 몇 년째 말해오곤 했는데.

작년 강추위에 실내외 온도 차로 베란다 창에 생긴 금이
여름에 잠깐 멈췄다가
다시 겨울이 되자 두 갈래로 쩍쩍 갈라지며 제 갈 길 찾아가기 시작했다.

올 겨울도 혹한이라던데,
베란다 창은 그 놈의 '시집갈 때'까지 못 버티겠지?

혼자 사는 여자의 요리 패턴

챙겨 주는 사람도 없고, 혼자 끼니를 때우다 보면
음식이 맛없게 느껴지기 일쑤다.
그럴수록 잘 차려 먹어야 하기에
카페에서 볼 법한 예쁜 접시와 각종 소스도 챙기고
서바이벌 요리 프로그램에 나올 법한 플레이팅도 하고
음식에 어울릴 만한 배경 음악을 틀고
만족스러운 식사를 즐긴다.

며칠 그러고 나면
나 한 입 먹자고 오랜 시간을 들여 재료 다듬고 음식 만드는 시간이 아깝기도 하고,
비용과 맛에서도 사 먹는 것보다 나은 게 없는데 이게 뭐 하는 건가 싶어서
결국 얼마 못 가 밥, 김, 계란 프라이로 구성된 '자취생 세트'로 돌아오곤 한다.
미슐랭 3성급 요리 차림과 자취생 초간편 세트가 번갈아 가며 나오는 극단적 요리 패턴.

냉동실이 필요해

혼자 먹기에는 양이 많은 음식들이 있다.
피자, 치킨, 족발, 보쌈, 탕수육…
결국 못 참고 배달을 시키고 나면 반 넘는 양이 남곤 한다.
그것들을 냉동실에 쌓아 두다 보니
항상 냉장실에 비해 미어지는 냉동실.

혼자 사는 이의 냉동고는 언제나 터지기 일보 직전.

대화가 늘었어

"붓!
너 오늘 이렇게 잘 안 그려질 거야?
자꾸 나 속상하게 할 거야?"

"나 어젯밤에 엄청 푹 잤는데,
너네도 그랬구나?
싹이 이만큼이나 나왔네."

"하늘아,
오늘은 정말 기분 좋은가 봐.
화창하네요."

"오늘 하루는 너무 피곤했어.
고구마 님은 어떻게 보냈어?"

나는
대화가 늘었다고
생각했는데,
사람들은
나보고
혼잣말이
늘었다고 한다.

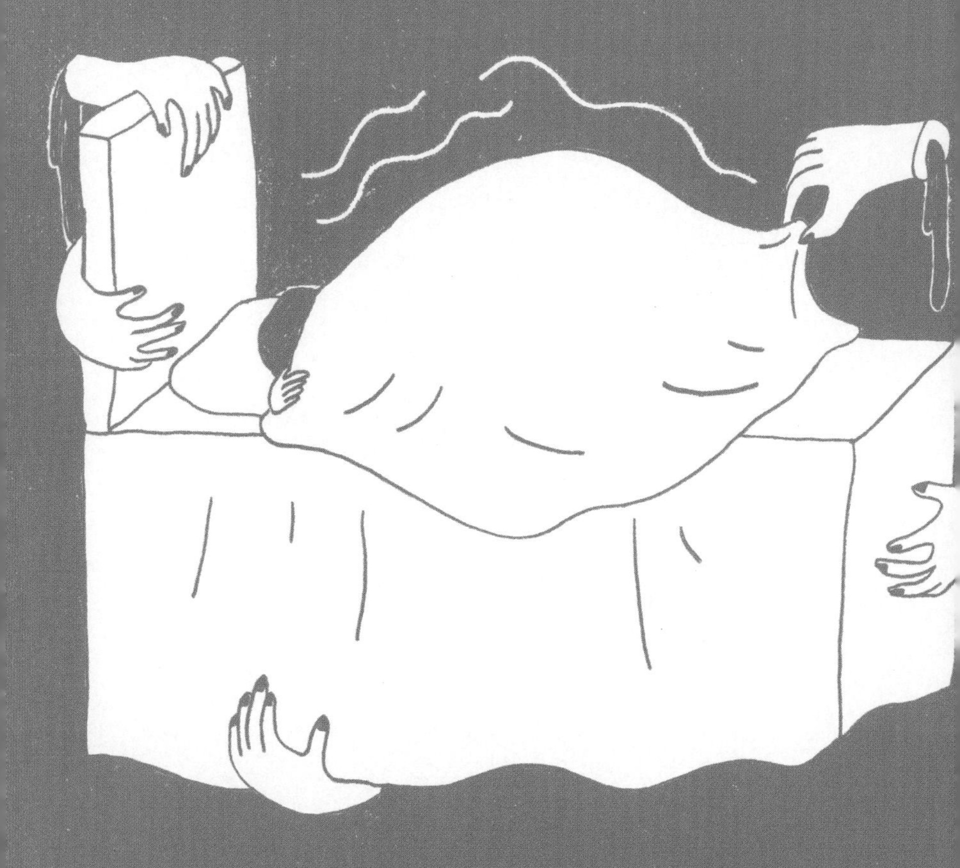

혼자녀의 조건 ❶

숙면 능력

숙면에 얼마큼 잘 빠지느냐에 따라
혼자 사는 것의 만족도가 달라질 수 있다.
천둥 번개가 집을 부숴 버리겠다는 기세로 내리쳐도,
한밤중 집 앞에서 취객들이 싸우거나
어디선가 아기 울음소리 같은 고양이 소리가 들려와도
깊은 잠에 빠지는 능력을 지니고 있다면,
특히 가위눌림이나 악몽 따위는 겪어 본 적이 없다면
혼자 사는 사람의 최고 조건을 갖췄다고 할 수 있다.

깊은 밤 식은땀을 흘리며 잠에서 깼을 때,
두려움에 다시 잠에 들 수 없을 때
등을 토닥여 주던 엄마도, 손 꼭 붙잡아 줄 언니도,
머리를 쓰다듬어 주는 그 누구도 이젠 없기에.

혼자녀의 조건 ❷

인격 분리 능력

친구들과 집에서 모임을 갖거나 가족들과 식사할 때는 역할 분담을 한다.
'그 친구가 장 봐 온다네. 그럼 네가 요리해. 나는 설거지할게.'

한 끼 먹겠다고 이 모든 일을 내가 다 하고 싶지 않을 때가 있다.
그때는 장 볼 사람, 요리할 사람, 설거지할 사람은
내 안의 모두 다른 사람이라고 스스로를 세뇌시킨다.

숙면 능력과 더불어
인격 분리 능력은 혼자 사는 데
아주 유리한 조건이다.

단골의 비애

"언니, 지난번 머리하고 나서 반응 어땠어요? 지난번처럼 커트해 주면 돼요?"
"저번에 말했던 프로젝트가 잘 안 풀렸나 봐요? 이 안주는 서비스!"

미용실이나 술집 등 혼자 자주 가다 보면 단골집이 생기게 마련이다.
주인이 나를 기억해 주고 친절을 베풀면
그곳에 특별한 애정이 생기기 시작한다.

그러나 예외도 있다.

"아가씨는 매번 혼자서도 밥 참 잘 먹네."

날 주시하고 있었던 이 식당.
더는 안 갈 거다.

티가 나나 봐

'도를 아십니까'를 만나면 매번 시간이 없다고 자리를 피했다.
사실 '도를 아십니까'가 아닐지도 모른다.
다음엔 한번 길게 얘기해 봐야지 하면서도 막상 닥치면 왠지 두렵더라.

이들은 보통 멀리서도 분위기가 남다르다며 접근하는데
초췌하고 꼬질꼬질한 행색일 때는 물론이고
조용하게 책을 읽고 있을 때도,
5밀리는 족히 될 아이라인을 하늘 높이 추켜 올린 눈꼬리를 하고 있을 때도,
심지어 브레이즈 헤어스타일에 스터드 장식이 박힌 가죽 재킷을 입었을 때도
마찬가지다.

그 사람들이 말하는 분위기란 대체 어떤 분위기일까?
말 걸기 쉽게 생긴 걸까?
마음 약한 성향을 가진 사람들의 분위기를 아는 걸까?
내가 냉정하게 거절하지 못하는 성격이란 게 브레이즈나 아이라인으로도 안 감춰지나?
아니면 꼬임에 넘어가서 돈을 쉽게 내줄 것처럼 생겼나?

설마 내가 24시간 혼자 지내 대화 상대가 별로 없다는 게 겉으로 드러나는 건가?

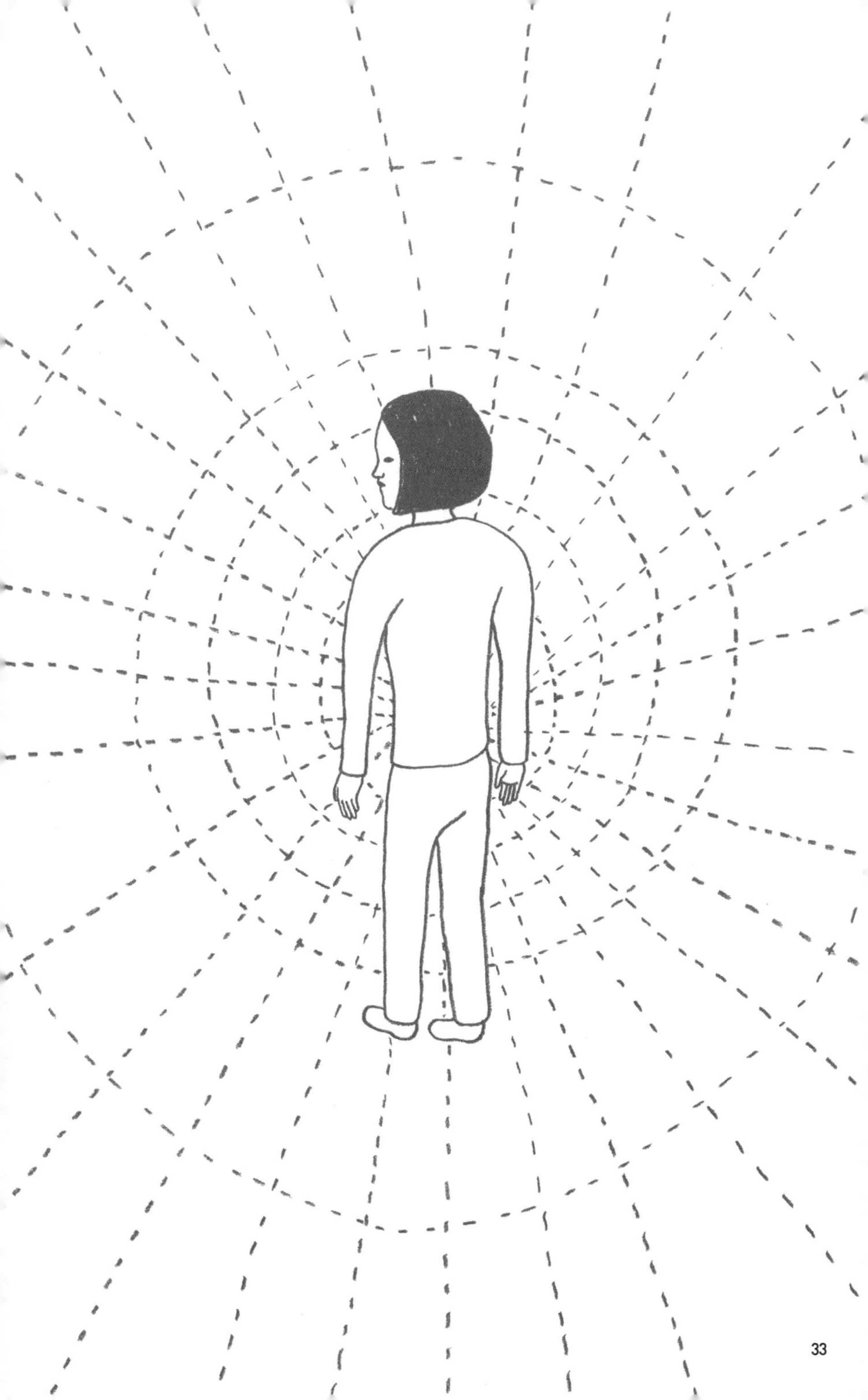

이 지독한 놈

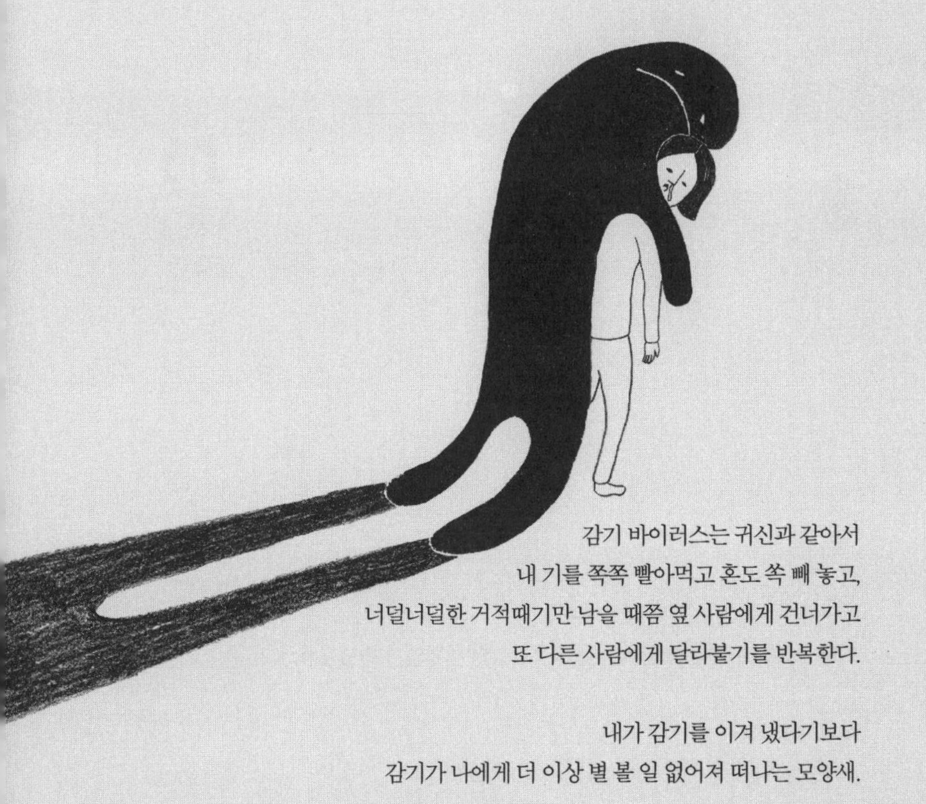

감기 바이러스는 귀신과 같아서
내 기를 쪽쪽 빨아먹고 혼도 쏙 빼 놓고,
너덜너덜한 거적때기만 남을 때쯤 옆 사람에게 건너가고
또 다른 사람에게 달라붙기를 반복한다.

내가 감기를 이겨 냈다기보다
감기가 나에게 더 이상 볼 일 없어져 떠나는 모양새.

배부른 소리 하지 마

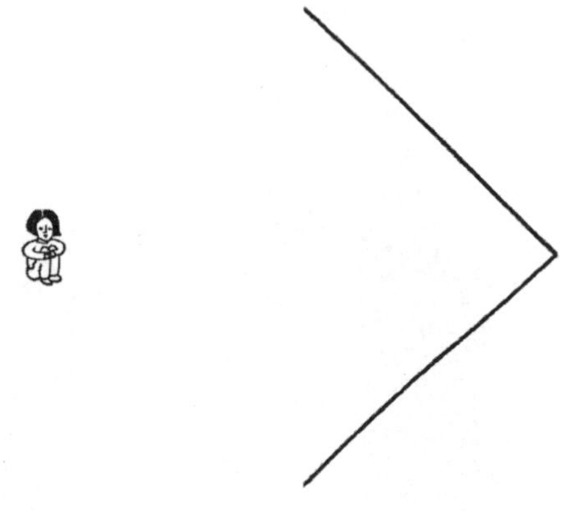

누군가 옆에 있어도 외롭다고 하는 말은
진짜 고독이 무엇인지 맛보지 못한 사람들의 투정일지도 모른다.

애피타이저를 맛본 후에 더 커진 식욕일 뿐
아무것도 먹지 못한 사람의 허기와는 비교할 수 없다.

평소에 잘 사귀어 놓아야 해

내가 원할 때면 언제든 옆에 있어 주고
제일 좋아하는 방식의 대화가 가능하고
속 이야기도 망설이지 않고 털어놓을 수 있고
잘 보이려 하거나 꾸미는 말, 가식적인 태도를 취하지 않아도 되는
가장 부담 없이 쉽게 감정을 토로할 수 있는
'나'는 나의 가장 든든하고 근사한 친구다.

라디오를 켜고

음악 대신 라디오를 튼다면
누군가와 대화하고 싶을 때야.
노래보다 말소리가 필요한 순간.

이제 명란젓은 안 먹을래

혼자 밥을 먹는 게 외로울 때면
라디오나 TV를 틀어 사람들의 말소리와 함께 식사하곤 한다.

하루는 다큐멘터리 〈남극의 눈물〉을 보는데
남극에 사는 동물들은 환경에 맞게 진화해서 그런지
모두 비슷한 몸의 곡선을 가진 걸 발견했다.

뭔가 닮았는데…

식탁 위의
명란젓!

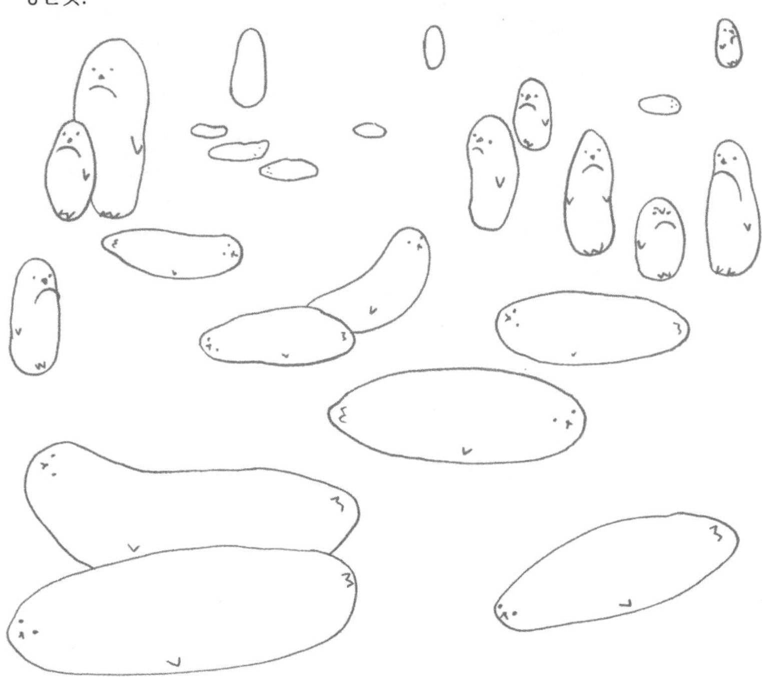

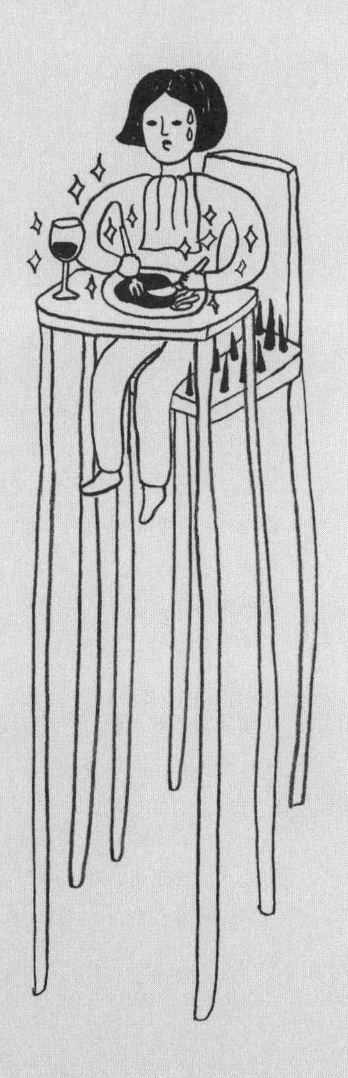

마음 편한 게 최고

어색한 사람과 불편한 자리에서
값비싸고 고급스러운 만찬을 대접받는 것보다
혼자 먹는 라면이 더 맛있다.

혼자 가는 카페의 조건

혼자서 카페에 갈 때는
커피가 맛있는 곳,
시원한 테라스가 있는 곳,
쿠폰 도장이 꽉 채워진 곳,
쿠키가 서비스로 나오는 곳,
집에서 가까운 곳 등
여러 후보를 두고 고민할 필요가 전혀 없다.

옆 테이블 사람의 대화 내용을 나도 모르게 엿듣게 되는 게 싫다면
조용하게 책장 넘기는 소리와 잔잔한 음악,
소곤소곤 말소리로만 채워진 북카페가 제일이다.

공유와 소유 사이

혼자 떠난 여행에서 엄청난 비경을 발견했을 때
옆에 누군가가 있어서 이 감정을 함께 공유하면 좋겠다는 생각이 들다가도
이 아름다운 광경이 온전히 내 것이 된 것만 같은 느낌에
누구에게도 방해받지 않고 그 자리에 영영 혼자였으면 싶기도 하다.

'1'의 의미

'1'이란 숫자는 혼자이고 외로운 것이 아니라,
제일 높은 곳에 있는 유일한 것이라고 생각하면 덜 쓸쓸하지 않아?

극과 극의 마음

혼자 지내는 게 편하고 익숙해서
과연 내가 누군가와 함께 살 수 있을지,
다른 사람과 사생활을 공유하고
공간을 나눠 쓸 수 있을지 걱정되다가도

막상 사무치는 외로움에 다른 이와 손 꼭 잡고 잠들고 싶고,
티격태격하며 TV 채널 다툼도 하고 싶고,
마주 앉아 늦은 아침밥을 먹고 싶기도 하다.

혼자 산다는 것은
'이대로가 좋다'와 '소통하고 싶다'라는
극과 극을 오가는 것.

혼자들의 세상

치열한 경쟁 사회에서 살다 보니
나도 모르는 사이에 혼자가 됐다.
살아남기에 혼자인 게 더 간편한 걸까?

닭이 먼저인지 달걀이 먼저인지 모르는 것처럼
이런 세상이 우리를 혼자 있게 만든 건지,
스스로 혼자가 된 우리가 모여 이런 세상을 만들어 낸 건지.

눈치 주지 마

점심시간에 유명한 맛집에 갔다.

나는 분명 정당하게 값을 지불하고 음식을 시켜 먹는데,
왜 눈치가 보이는 거지?

짠맛, 쓴맛, 단맛, 신맛, 엄마맛

이 요리책만 따라 하면 초보자도 셰프처럼 만들어 준다 했는데,
최고급 향신료라고 해서 넣어 봤는데,
이것만은 아무나 모르는 비법이라고 하던데,
각종 조리 도구와 계량컵으로 정확하게 레시피를 따라 했는데,

뭔가 빠진 것 같아.
엄마가 해 주던 그 맛이 아니야.

소금
후추
멸치액젓
들기름
참기름
깨소금
간장
식초
고춧가루
파슬리
케첩
마요네즈
꿀
물엿
굴소스
발사믹
칠리소스
올리브유

맛집은 많지만

좋아하는 식당들 중에서
누구나 다 인정하는 유명한 맛집도 있고,
최고급 재료만을 쓰는 비싼 레스토랑도 있고,
스트레스를 풀어 주는 매콤한 떡볶이집도 있고,
술 한잔 생각나게 하는 신선한 횟집도 있고,
조미료를 넣지 않고 재료 본연의 맛을 살린 건강한 한식당도 있고,
특유의 감칠맛으로 자꾸 생각나게 하는 냉면집도 있지만

가장 좋아하는 곳은
엄마가 해 준 것과 똑같은 맛이 나는 멸치볶음이
반찬으로 나오는 동네 백반집.

진짜 내 집

엄마가 있는 익산 고향 집에 가면
안락함과 편안함이 느껴지곤 했다.
따뜻한 집밥도 먹을 수 있고
어릴 적 모습이 담긴 앨범도 있고.
서울 집은 여행 와서 잠시 머무는 콘도에 놀러 온 느낌이었다.

그런데 언제부터였는지 정확한 시점은 기억나지 않지만
고향에서 돌아와 서울 집 문을 들어선 순간
몸이 풀리면서 어서 쉬고 싶다는 생각과 함께
익숙한 공간의 편안함이 느껴진다.

진짜 내 집은 이제 이곳이 된 건가.

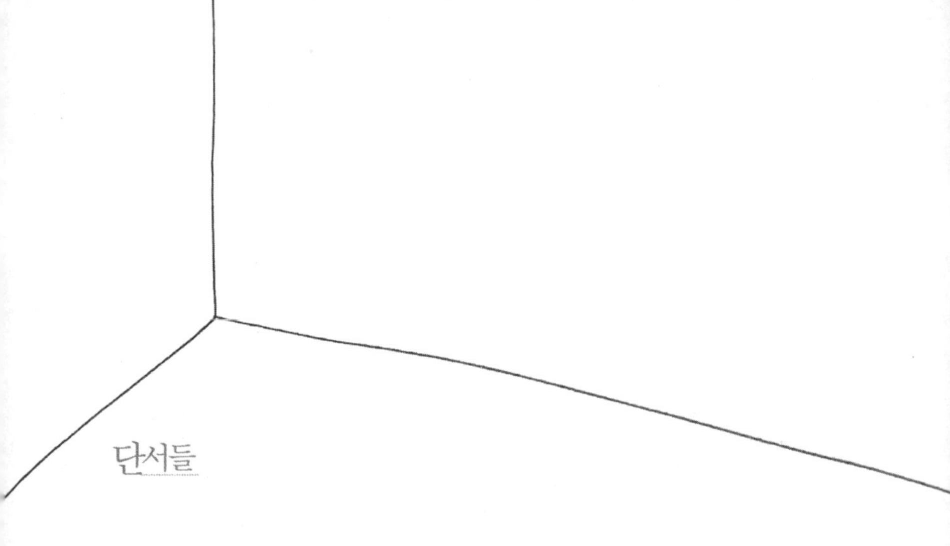

단서들

혼자 사는 공간만큼 '나'를 잘 알 수 있는 것이 있을까.

집주인이 발라 놓은 촌스러운 꽃무늬 벽지가
마음에 들지 않을 때, 당신은 어떻게 할 것인가?
귀차니즘의 소유자라면 불만은 있지만 그대로 두고
'언젠간 이사 가겠지' 생각할 거고,
깐깐하고 부지런한 사람이라면 집주인을 설득해
파스텔 톤의 페인트를 칠하느라 주말 내내 땀범벅으로 보낼 것이다.
또는 타협점을 찾아 벽면 전체를 포스터와 사진으로 덮어 버릴 수도 있다.

집을 구성하는 모든 것들에서 그 사람을, 그 사람의 생각을 읽을 수 있다.
집에 있는 물건들에서 내가 무엇을 중요하게 여기는지,
내가 요즘 어떤 생각을 하는지가 드러난다.
소파나 침대 같은 가구는 물론
마트에서 사 온 화장지 하나를 봐도 많은 것들을 알 수 있다.
무표백 천연펄프 제품이라면 나는 건강을 무척 중시하는 사람일 것이고,
마트에서 가장 저렴한 PB 상품이라면
아마 나는 절약을 더 중시하는 사람일 것이다.

청소는 2주 전 엄마가 올라오신다고 해서 급하게 한 게 마지막이고,
어제 쿠션에 엎지른 술 때문에 베란다 빨래걸이에는
기하학무늬 쿠션들이 널려 있다.
내가 움직이고 손을 댄 모든 행위에 따라 공간이 달라진다.
내가 초대한 공기, 내가 만든 구석 먼지, 내가 바꾼 베란다 풍경 등
모든 것에 '내 것'이 붙는다.

시세에 맞춰 고른, 상상과 달랐던 뒷골목 동네,
장마 때마다 물이 차는 반지하 방,
무조건 오래 간다고 해서 선택한 디퓨저의 싸구려 향기,
버리고 싶지만 은은한 빛이 마음에 들어 침대 옆에 여전히 놓아 둔,
전 남자 친구가 사다 준 조명,
사은품으로 받아 온 촌스러운 색의 수건,
1,000원숍에서 사 온 매일 사용하는 싸구려 밥그릇 세트와
그 옆에 집들이 선물로 받은 값비싼 티포트 세트…
(차가 없는데 비싼 찻잔이 무슨 소용인가!)

나를 표현해 주는 단서가 이 정도라는 것에 우울해질지도 모른다.
잡지에서 보던 '화려한 싱글 라이프'와는 거리가 먼 현실에 실망할 수도 있다.
그러나 누군가와 함께 지낼 때는 몰랐던 나의 또 다른 면을 알아 가는 재미,
나를 나타내는 단서를 흘리는 재미는 그 무엇보다 크다.

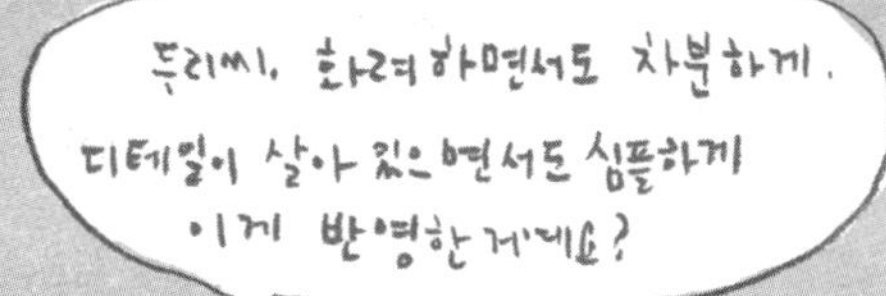

혼자 사는 여자의 대화법 1

클라이언트와의 길고 긴 회의에 지친 후,
위로받고 싶어 연락한 친구들에게 모두 퇴짜 맞고 나면
마지막 대안으로 서점을 가.

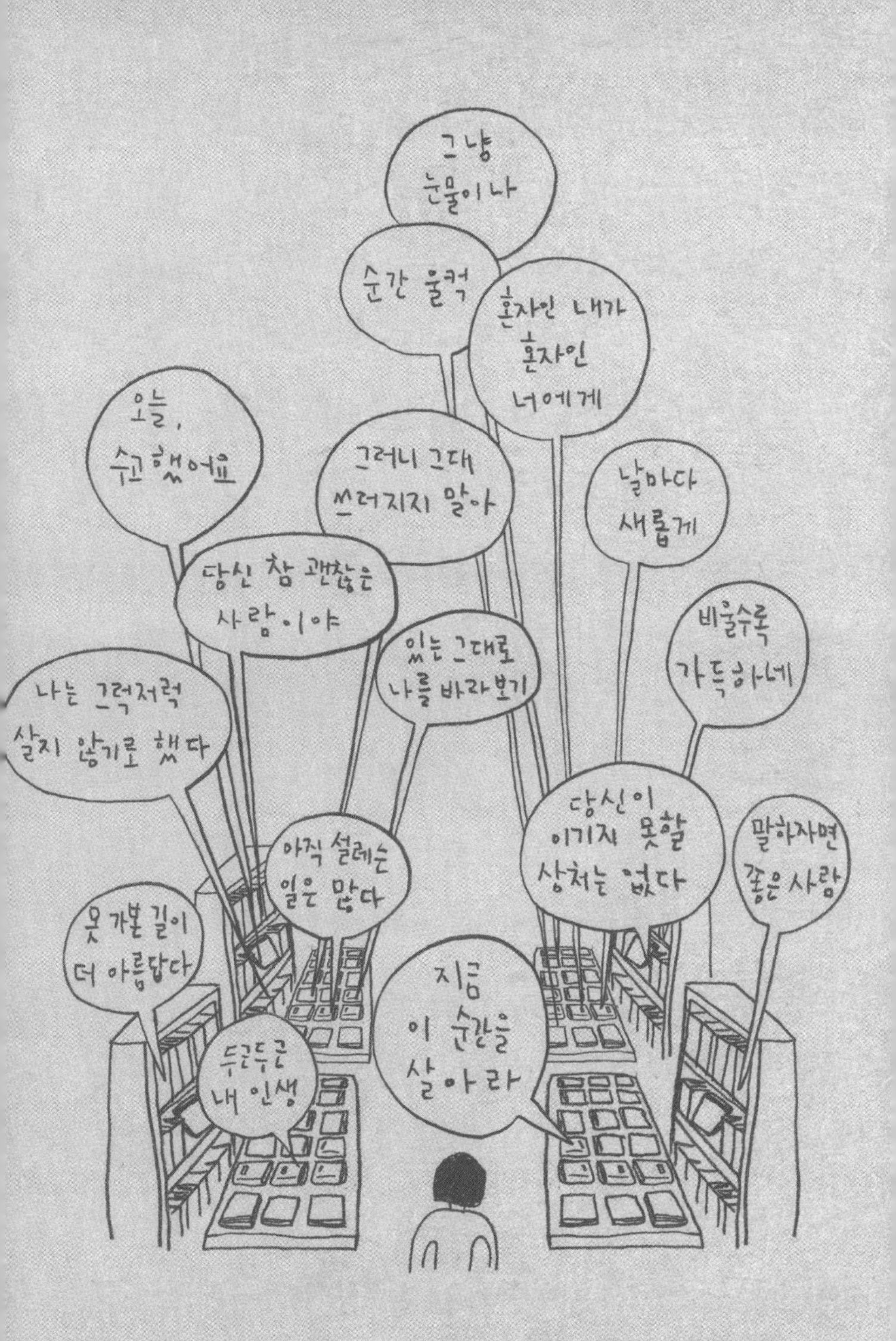
그냥
눈물이나
순간 울컥
혼자인 내가
혼자인
너에게
오늘,
수고했어요
그러니 그대
쓰러지지 말아
날마다
새롭게
당신 참 괜찮은
사람이야
비울수록
가득하네
있는 그대로
나를 바라보기
나는 그럭저럭
살지 않기로 했다
당신이
이기지 못할
상처는 없다
말하자면
좋은 사람
아직 설레는
일은 많다
못 가본 길이
더 아름답다
지금
이 순간을
살아라
두근두근
내 인생

수많은 작가가 나를 위해 말을 건네거든.

대신 분노가 과하면

예상치 못했던 제목이 눈에 들어오는 역효과도 있음.

유명한 가수들도 나하고 얘기하고 싶다네.
그래서 말동무 해줬지 뭐.

안되는걸 알고,
되는걸 아는 거,
그 이별이 왜 그랬는지 아는 거

세월한테 배우는 거,
결국 그럴 수밖에 없다는 거.

두자리의 숫자 나를 설명하고.
두 자리의 숫자 잔소리하네.

너 뭐하냐고,
왜 그러냐고,
지금이 그럴 때냐고,

저는
아직도 모르겠어요.

나이가 들고 시간이
좀 더 지나야
깨닫게 되겠죠.

저도 이제
삼십대거든요.
조금씩 무게감이 느껴져요,

에휴, 저도 제가
뭘하고 있는지.....

혼자 사는 여자의 대화법 ❷

윤종신 <나이>

내가 버린 건 어떠한 사랑인지,
생애 한번 뜨거운 설렘인지

야, 다음에
또 찾아 올 거야

두 번 다시 또 오지 않는 건지

너무 그런식으로
단정 짓지 마세요

그땐 미처 알지 못했지

후회해 봤자 소용없잖아요.
한잔해요.

이적 <그땐 미처 알지 못했지>

누구나 사는 동안에
한번 잊지 못할 사람을 만나고.
잊지 못할 이별도 하지

그런 사람 있지요.
언니도 그런거군요.

도무지 알 수 없는 한 가지

그게 뭔데요?

사람을 사랑한다는 그 일

사랑한다는 것……

참 쓸쓸한 일인 것 같아

아프네요.
가장 충만했는데 끝나고 나면
가장 쓸쓸한 일이 된다는 게.

양희은 〈사랑 그 쓸쓸함에 대하여〉

영원할 거라고 속삭여요.

내겐 너뿐이라고 확인해요.

나랑 결혼할 거라고 다짐해요.

그렇게 그랬던 네가.

그래. 나도 너네
커플 결혼할 줄 알았어.

과분했었다고 핑계 대요.

다 믿었었냐고 지랄해요

모든 게 끝이라고 소리쳐요.

그래서 그래서 널 보내.

그 자식 진짜 쓰레기네
잊어버려요.

왜 너는 날 힘들게
만들고 활기차 보여.

날 위해 주던 가식들 모두 다 가져가.

벌써 다른 여자 생긴 거 아니야?

왜 너는 날 버린 뒤 그렇게 기운차 보여
난 정말 아무것도 할 수가 없는데

내가 소개팅 준비할게요.
힘내요! 우리가 있잖아요.

허밍어반스테레오 <지랄>

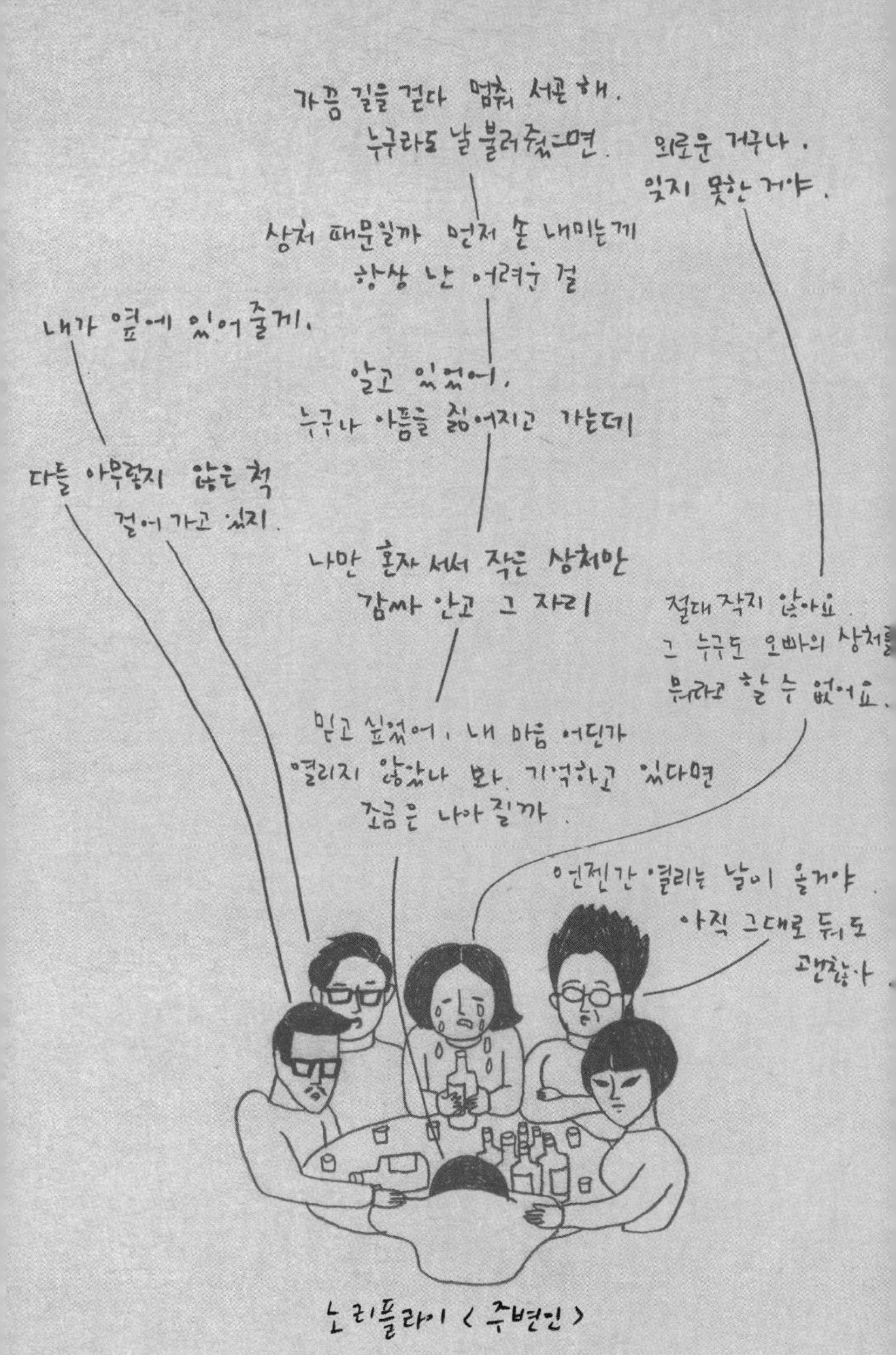
가끔 길을 걷다 멈춰 서곤 해.
누구라도 날 불러줬으면.
외로운 거구나.
잊지 못한 거야.
상처 때문일까 먼저 손 내미는 게
항상 난 어려운 걸
내가 옆에 있어줄게.
알고 있었어.
누구나 아픔을 짊어지고 가는데
다들 아무렇지 않은 척
걸어 가고 있지.
나만 혼자 서서 작은 상처만
감싸 안고 그 자리
절대 작지 않아요.
그 누구도 오빠의 상처를
뭐라고 할 수 없어요.
믿고 싶었어. 내 마음 어딘가
열리지 않았나 봐. 기억하고 있다면
조금은 나아질까.
언젠간 열리는 날이 올거야.
아직 그대로 둬도
괜찮아.
노리플라이 <주변인>

노래를 듣다보니 나도 모르는 사이에 대답하고 있더라고.

누가 내 맘을 위로할까
누가 내 맘을 알아줄까
모두가 나를 비웃는 것 같아. 기댈 곳 하나 없네
이젠 괜찮다 했었는데, 익숙해진 줄 알았는데
다시 찾아온 이 절망에 나는 또 쓰러져 혼자 남아있네
내가 니 편이 되어줄게. 괜찮다 말해줄게
다 잘 될 거라고 넌 빛날 거라고
넌 나에게 소중하다고
모두 끝난 것 같은 날에
내 목소릴 기억해.

괜찮아. 다 잘될거야.
넌 나에게 가장 소중한 사람

커피소년 <내가 니편이 되어줄게>

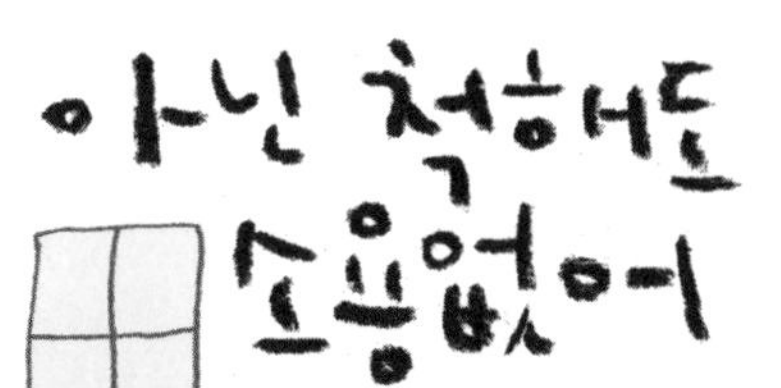

내면을 가꾸다가도 외모에 주눅이 들고

로맨스를 찾다가도 조건에 끌리고

안정을 바라다가도 모험을 꿈꾸고

평등을 바라면서 보호받길 원하고

주목받고 싶지만 부끄러워하고

친절한 건강보험공단 씨

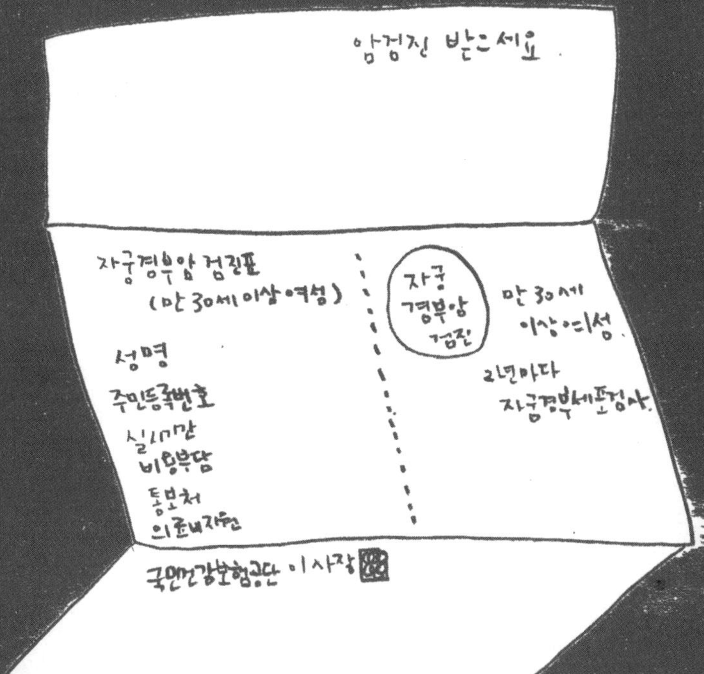

해외 나이로 스물아홉 살이니 아직 20대라고
아무리 발버둥 쳐 봐도
나라에서 친절하게 우편물까지 보내 증명해 준다.
자궁경부암 정기 검진 받아야 하는
만 30세 여성이라고.

대화의 주제

또래 친구들을 만나면
고민거리, 결혼, 미래, 남자, 책, 일, 여행, 가족, 연예인 가십 등
여고생들처럼 수다가 끊이지 않는 건 여전한데,
얼마 전부터는 도돌이표를 단 듯 하나의 주제로 다시 돌아온다.

디스크, 자궁, 요통, 저림, 결림, 근육 뭉침, 불균형, 비대칭, 불면증….

결국은 '건강'에 관한 정보 주고받기.

그래 다 가 버려

술 사 주겠다던
그 많던 오빠들은
모두 어디로 사라진 걸까.

중력의 위력

하루가 다르게
땅바닥을 향해
흘러내리는 모공들.

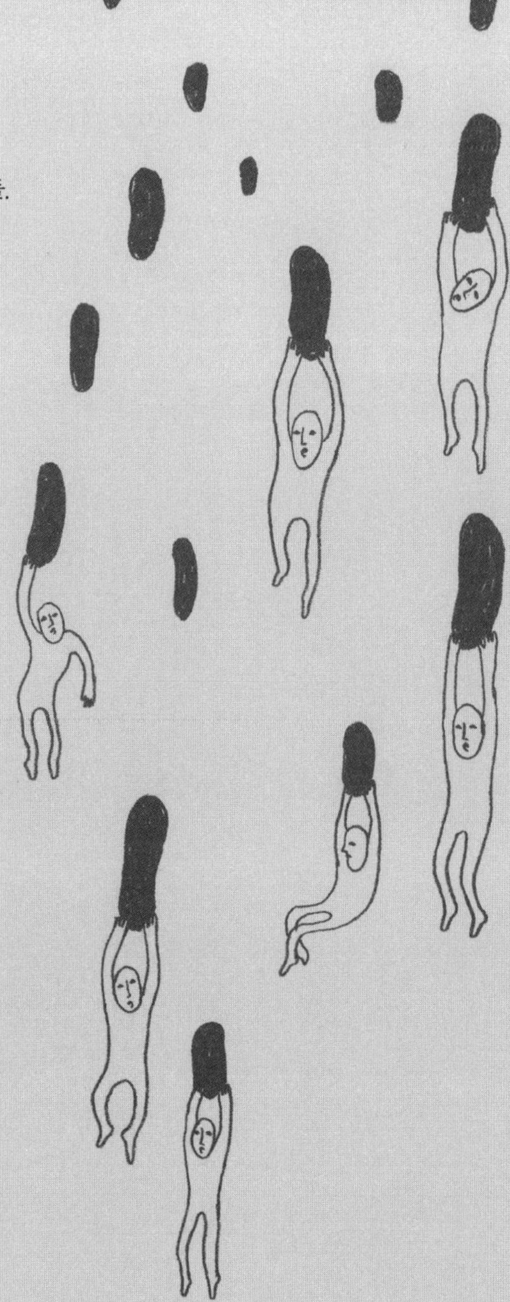

날고 있는 중, 떨어지는 중?

결혼 적령기는 대체 누가 정한 걸까.

어릴 땐 분명 나를 가꾸고 채우면
내 가치가 높아진다고 배웠는데,
어른이 되고 난 뒤, 나를 채우는 한 해 한 해가 지날수록
다들 내 값어치는 떨어지고 있다고 말하더라.

나는 아직 날고 있다 하고,
누군가는 점점 떨어지는 중이라 하고.

예쁜 것 vs 편한 것

많은 남자가 긴 머리를 선호하고,
아이를 키우게 되면 머리 기르기가 어렵다길래
배우들처럼 가슴선 밑까지 오는 긴 머리를 가져 보려
열심히 기른 적이 있다.
그런데 긴 머리는 도저히 못 참겠더라.

머리 감을 때마다 물먹은 머리가 너무 무겁고,
말리는 시간은 또 어찌나 오래 걸리는지.
소파에 누워서 뒤척이다 보면 머리를 묶어도 풀어도 계속 걸리적거리고,
부석거리지 않게 에센스와 오일로 공들여 관리해 줘야 하고,
미용실 한번 다녀올 때마다 이건 아주 돈덩어리다.
머리 좀 길러 보려 했더니 거슬리는 게 한둘이 아니다.

몇 년 전만 해도 계단을 오르내릴 수 없을 만큼 펄럭거리는 미니스커트도,
귓불을 잡아당기는 무거운 쇳덩어리 귀걸이도,
밥을 배불리 먹을 수 없게 만드는 쫄쫄이 티셔츠도,
그 어느 것 하나 불편한 게 없었는데…

언제부턴가 예쁜 것보다 편한 걸 찾게 된다.

목아파
티비 가리지 마

정리왕

시크해.
에지 있어.
도시적이야.
상큼해.
어려 보여.
도대체 넌 안 어울리는 게 뭐니…

긴 머리를 귀밑으로 짧게 자른 뒤
주변 여자들의 입에서 나오는 온갖 수식어에
내심 뿌듯해하고 있었는데,
남자 대표로 형부가 한마디로 정리해 주신다.

"긴 머리 예뻤는데."

모순이란 거 알지만

내면을 가꾸다가도 외모에 주눅이 들고

로맨스를 찾다가도 조건에 끌리고

안정을 바라다가도 모험을 꿈꾸고

평등을 바라면서 보호받길 원하고

주목받고 싶지만 부끄러워하고

드러내고 싶지만 옷깃을 여미며,

모순을 반복한다.

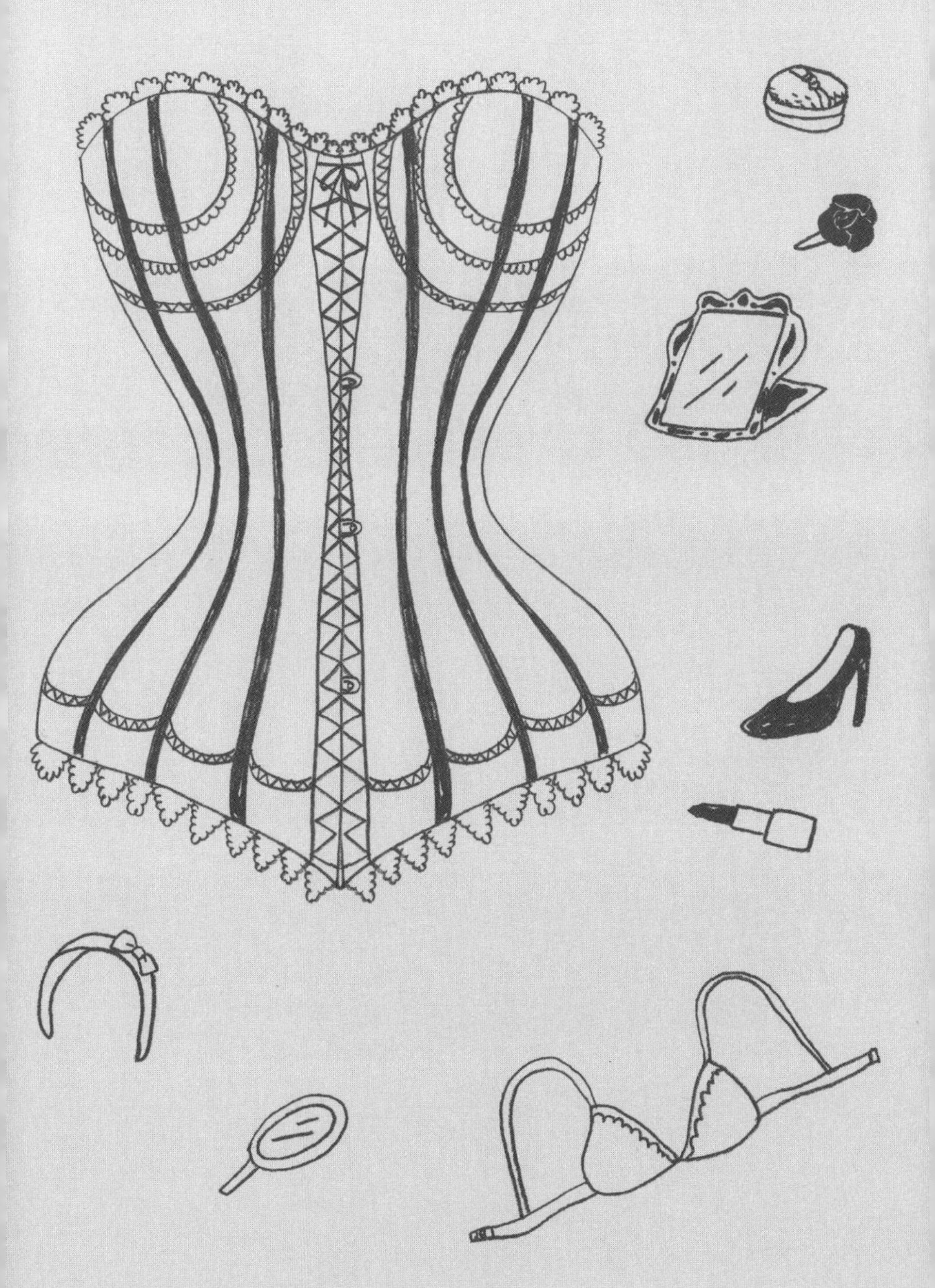

엉덩이의 추억

체질상 삐쩍 마른 몸이라
감동을 주는 풍만함은 없었어도
툭 튀어나온 엉덩이만큼은 자신 있었는데.

운동을 열심히 하고 나왔는데도 여전히 소멸해 가는 엉덩이를 볼 때마다,
어딘가 있을 미래의 남편은 나의 20대 초반 탱탱한 엉덩이를 모른다는 게
안타까워.

문제는 카메라가 아니야

사진 찍지 말라고 강력하게 거부하며
“나는 사진발이 잘 안 받거든”이라고 말했지만
사실은 누가 봐도 딱 나 같아서.
정직하게 나온 사진을 보면
마치 발가벗은 느낌이야.

꽃보다 힘

요즘 댄스 서바이벌 프로그램을 재밌게 보고 있다.
출연자들을 따라 몸을 들썩이기도 하고 눈물을 흘리기도 한다.
몸을 자유자재로 움직이고 아름다운 선을 만들어 내는
무용수들 모두를 감탄하며 보고 있지만
이 프로그램에 빠지게 된 결정적인 이유는 따로 있다.

남자 무용수들이 여자 무용수를 아무렇지도 않게
번쩍 들어 올리고, 돌리고, 받치며 춤을 추는데
그만 넋 놓고 바라보게 된다.

섬세한 근육에서 뿜어져 나오는 단단한 힘!
가슴이 쿵쿵 뛰고 마구 설렌다.

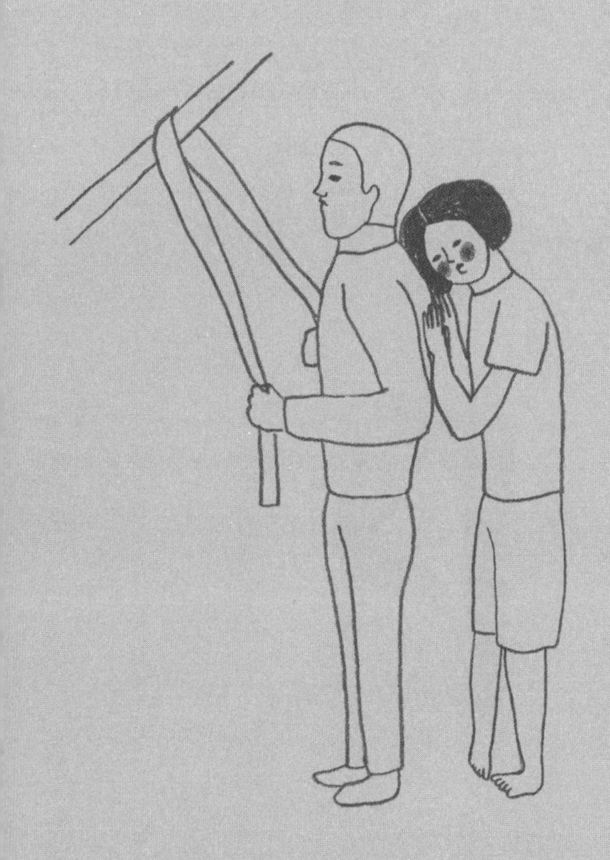

사심

일러스트레이터에게는 척추측만증, 목 디스크, 오십견 등의 직업병이 흔하다.
어깨 결림과 팔 저림이 심해지다가 팔이 잘 올라가지 않아
도수치료와 운동치료를 받고 있다.

도수치료를 받고 나면 팔도 쑥쑥 올라가고 어찌나 개운한지
이게 바로 황홀경이구나 싶을 정도다.
선생님하고 결혼하면 매일 이렇게 느낄 수 있을까 하는 생각이 들 때쯤
운동치료로 넘어간다.

운동치료를 할 때는 선생님이 먼저 동작을 취하고
자신의 등과 어깨 근육을 만져 보게 한다.
어느 근육에 힘을 줘야 하는지 정확히 알려 주기 위한 과정이다.
그런데 선생님 등에 손을 댈 때마다 왜 이리 설레는 거니.
근육의 움직임이 어찌나 단단하고 쫀쫀한지
선생님 여자친구는 참 좋겠다,
계속 손대고 있으면 안 되나 등등
오만 가지 잡생각과 함께
'오우'라는 감탄사가 나도 모르게 나오는 거 있지.

결정적 한방

"난 직업도 있고
차도 있고
가사 능력도 있고
성격도 좋고
거기다 혼자 사는 여자인데,
남자만 없어."

"무슨 소리야.
넌 애교도 없고
곱고 하얀 피부도 없고
찰랑이는 긴 머리카락도 없고
그리고 결정적으로
가슴이 없는걸."

기대와 배신

남의 남자에게는 설렘을
내 남자에게는 배신감을 안기는 그것,

뽕브라.

심심했던 거지

혼자 있으면 자연스레 생각이 많아지고
온갖 고민과 잡생각이 몰려온다.
생각이 꼬리에 꼬리를 물고 이어져
어차피 해결할 수도 없는 고민들부터
남 걱정, 세계정세 걱정, 우주와 풀리지 않은 미스터리들에 관한 생각까지,
오만 가지 생각들이 얽히고설킨다.

그 생각들을 좇다 보면 마치 내가 철학자라도 된 듯한 착각에 빠지고
내 이름으로 된 이론 하나로 세상을 뒤엎을 수도 있을 것만 같다.

그러다,

'우리 놀까? 답답해서 홍대 가서 놀고 싶은데'

친구의 문자 한 통에
그 많은 진지한 생각들은 다 어디 가고
그저 놀 생각에 신이 나는 거 있지.

데드라인

사회적 성공과 자아실현을 이룬 자존감 높은 여성들도
무의식적으로 결혼 적령기에 신경 쓰게 되는데,
그 이유는 반쪽이 없다는 외로움이나 남들보다 뒤처지고 있다는 두려움보다도
건강한 종족 번식에 대한 본능이 무의식에서 꿈틀대고 있어서가 아닐까.

타고난 동안의 소유자, 꾸준한 운동과 자기 관리를 해 온 사람,
성형, 리프팅 시술, 피부 레이저, 보톡스, 필러, 지방 이식, 물광 주사 등으로
나이를 거스르는 사람일지라도
스트레스가 심하면 불규칙해지는 생리주기와 적어진 생리혈의 양이
스스로에게는 감출 수 없는 노화를 실감하게 한다.

한 달에 한 번씩 나의 가임 마감일을 상기시켜 준달까.
가임 능력이 한정돼 있는 걸 알기에 여성은 남성보다 조급해질 수밖에 없다.

그래서 본능적으로 한 살이라도 어릴 때 결혼하려고,
결혼시키려고 하는 거겠지.

계절은 언제나 갑자기

평소처럼 창문 열고 아사면 홑이불에 반나체로 자다가,
새벽에 오들오들 떨면서 깼다.
다음 날 바로 솜이불 꺼내고 수면양말 신고 중무장.

며칠 전까지 더워서 깨지 않았나?
아직 마음의 준비도 되지 않았는데 갑자기 변해 버리는 계절.
흘러가는 시간.

가을탓

넘치는 식욕에
풍요의 계절이라는 가을을 탓해 보기도 하고
혹시 기생충이 있는 건 아닌지 의심도 해 보지만

채워도 채워도 계속되는
이 헛헛함.

진화와 퇴화

사람들과 어울리고 적극적으로 나서는 면은 점점 퇴화하고
소극적이고 내성적이며 조용하고 소심한 면은 점점 진화하고 있다.
많은 사람 앞에서 말하는 것이 부끄럽고,
좋은 일로 주목받는 것도 왠지 창피하고.

태어날 때부터 이런 건 아니었는데.
나이가 들면서 나랑 안 맞는 상황은 불편해진 건지.
직업상 혼자 있는 시간이 많아 성격이 변한 건지.

익숙함이 좋은 거겠지.
조용히 혼자 있을 때가 편하다.

어릴 때는 동요 〈앞으로〉를 들으면서
'자꾸 걸어나가서 온 세상 어린이를 다 만나고 올 테다!'라고 마음먹은
사교적인 아이였는데.

내 뜻대로 되는 건 뭐야

미용실에 왔는데,
마음에 안 들게 나온 머리 때문에 기분은 더 엉망이 되고

쇼핑 왔다가,
마음에 드는 옷들은 사이즈가 없거나
말도 안 되게 가격이 비싸 우울해지고

수다 떨려고 친구를 만났는데,
그녀의 남자친구 자랑만 듣다가 피곤해지고

마지막으로 아이스크림을 한 숟가락 떴는데,
한 통을 다 먹어 버리는 내 모습에 절망하고.

기분 전환 좀 해 보려고 했는데.

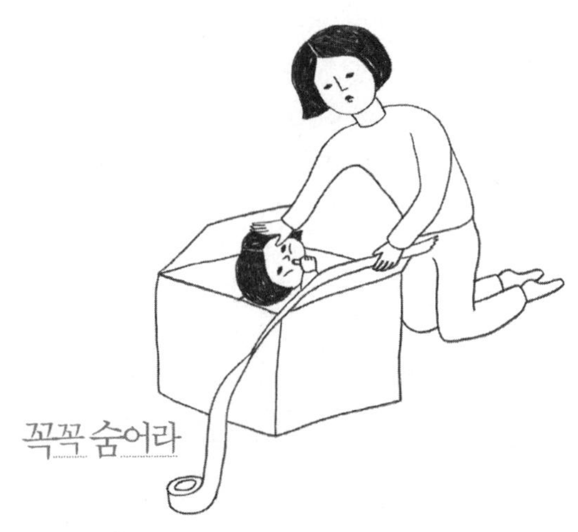

꼭꼭 숨어라

나이가 무기인 시절이 있다.
삐치고 투정 부려도 다 받아 주고 귀여움 받는 시절.
누군가 어르고 달래 주던 시절.

그런데 어느덧 사람들은 나에게
이해심과 배려심, 관용과 우아함을 요구한다.
그게 나이에 따라 갖춰야 하는 미덕이라고.

나는 여전히 삐치고 토라지기 일쑤다.
나이가 들었다고 마음이 한없이 넓어지는 건 아니더라.
감정을 숨기고 감추는 데 익숙해졌을 뿐.

계절은 혼자 오지 않는다

꽃 피는 봄이 왔다! 황사 바람도 같이.

물놀이할 수 있는 여름이 왔다! 모기 새끼도 같이.

아름다운 낙엽 지는 가을이 왔다! 내 우울함도 같이.

눈 내리는 겨울이 왔다! 시린 옆구리도 같이.

겨울은 원래 추운 거야

어릴 때는 다 벗어젖혀도 더위가 가시지 않는 여름이 싫었다.

언제부턴가 아무리 껴입어도 뼛속까지 시린 겨울이 싫다.

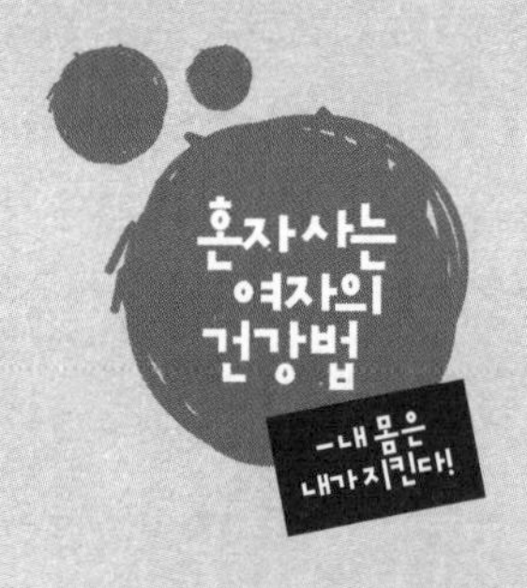

핸드폰, 119
조금만 더,
조금만...

몸이 많이 아픈 날이 있었어.
너무 아파서 119라도 부를까 싶었는데,
그러다 문득 내가 전화기 들 힘도 없다면
이렇게 혼자 쓸쓸히 죽을 수도 있겠다는 생각이 들더라.

어느 날 뉴스에 나오는 거지.
'마포구에 사는 일러스트레이터 B씨, 한 달 만에 집에서 죽은 채 발견.
독거인 문제 심각.'

내 몸은 내가 지켜야겠더라고. 내 건강을 누가 챙겨 주는 건 아니잖아.
내 안부를 챙겨 주는 사람이 있는 것도 아니고.
그래서 운동을 시작했어.

여자들은 한번씩 다 해본다는 요가 + 필라테스.

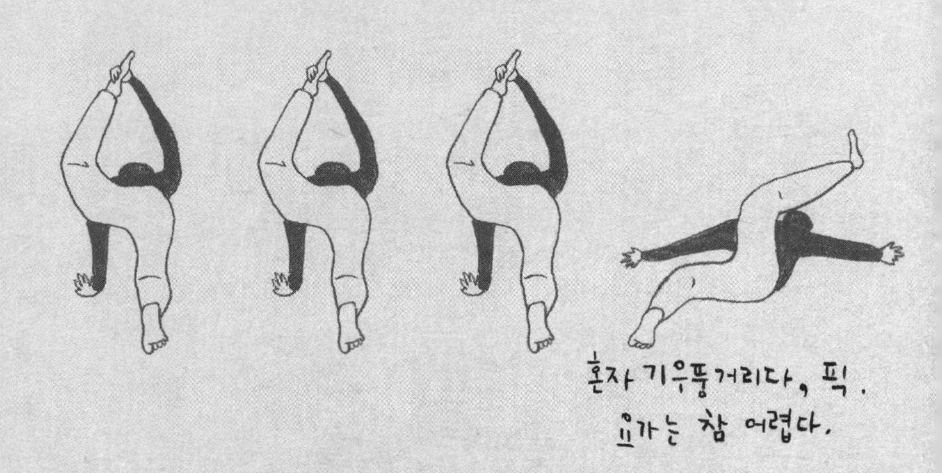

혼자 기우뚱거리다, 픽.
요가는 참 어렵다.

팔이 뒤로 휙. 다리가 양쪽으로 쩍. 허리가 반으로 쑥.
요가 선생님을 보고 있으면 인간의 몸이 어떻게 저리될 수 있는지
신기하다니까. 마치 팔다리가 따로 노는 구체 관절 인형 같아.

그에 비하면 나의 뻣뻣한 몸은 오히려 인간미가 느껴져.
내 몸은 일상생활을 수행하는 데 문제없을 정도의 유연성을 가진
지극히 평균적인 인간의 몸이거든.

한동안 일이 없을 때는 눈뜨고 밥 먹고 요가원 가고
점심 먹고 낮잠 자고 저녁먹고 다시 자고를 반복했다.

잠자고 먹는 시간을 제외하고는 요가만 하는 거잖아.
마치 요가를 위해 사는 건가 싶다니까.

오전에 요가를 가면 내 또래의 여성들이 꽤 많아.
어떻게 이 시간에 올 수 있는 거지? 그녀들도 나처럼 프리랜서인가?
아니면 출퇴근 시간은 신경 안 쓰는 잘나가는 CEO?
맞벌이 안 해도 되는 여유로운 사모님?
여전히 용돈 받는 부잣집 백수 막내딸?
이들도 날 보고 이런 생각을 할까?

수고하셨습니다
나마스떼
따뜻한 물 드시고, 한 시간 정도 금식하세요.
아, 배고파

요가 후, 집에 가는 길.

요가 수련 규칙을 보면 요가 전후로
한 시간은 금식이 좋다는 내용이 있거든.
이 조항 때문에 한 번도
완벽한 수련을 해 본 적이 없어.

떡볶이랑, 튀김이랑 순대랑...
괜찮아, 내일부터 제대로 하지 뭐

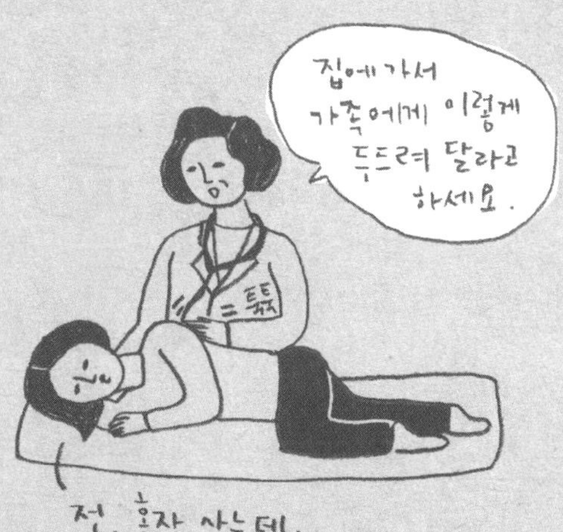

전, 혼자 사는데...

* 요가의 실생활 적용 사례 *

내과에 갔더니 기관지염이래. 가래를 떼어 내는 데 도움이 되는
옆구리와 등 쪽의 폐를 두들기는 동작을 알려 주더라고.
집에 내 등을 두들겨 줄 사람은 아무도 없는데 말이야.

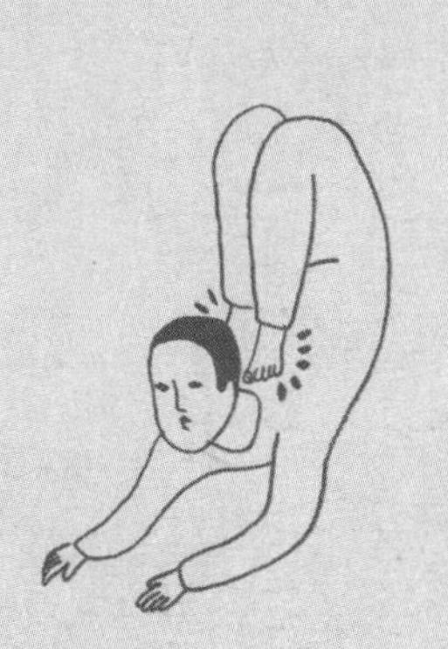

팔을 최대한 꺾어 등 쪽으로 두들겨 봤어.
꽤 편안히 두드려 지네.
이럴 때를 위해 요가를 배웠나 봐.

한동안 잘 다닌다 싶었어. 그런데 봄이 되니 날씨가 좋아서
자꾸만 놀러 다니고 싶더라고...

더워.
못 움직여.

봄이 지나고 여름부터 열심히 할까 했는데,
생각해 보니 여름은 너무 더워서
운동하기 싫을 것 같고,

가을은 감성적인 마음 상태라
운동에는 관심이 안 생길 듯하고,

겨울에는 추워서 밖에 나가기
싫을 것 같은데......

그냥 다시 열심히 다녀봐야겠다.
기우뚱
기우뚱

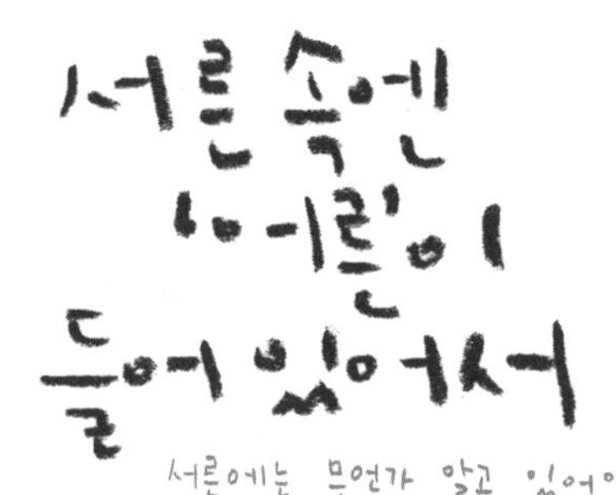

서른에는 무언가 알고 있어야 하고
완벽한 어른이 돼 있어야 하고
결혼이든 성공이든 하나라도
이뤄 놓아야만 할 것 같았어.
그런데 서른을 넘기고 나서 보니
서른은 완성하는 나이가 아니라
다시 시작하는 나이더라고.

초여름의 조급함

봄도, 나도 이제 막 돋아나기 시작했는데
이러다 갑자기 여름이 와 버리는 건 아닐까.

ㅅ-어른

무슨 일이든 잔소리 듣기 전에 척척 해내고
언제나 당당했던 나인데

서른이 되고 나서는
오히려 가끔 작아져.
'서른' 속에는 '어른'이 들어 있어서
어려운 건가 봐.

어쩌면 우리는 모두 초능력자

영화에서 보면 초능력자들이
염력, 예지력, 텔레파시 같은 힘을 발휘하고 나서
기절하거나 코피를 쏟거나 하잖아.
어릴 땐 신기하기만 했던 그 장면이
지금은 어떤 느낌인지 알 것 같아.

불가능할 것 같던 일정의 마감을 완벽하고 가뿐하게 끝낸 뒤
척추와 어깨와 손목이 부서질 것 같은 통증을 느끼고,
철인처럼 무거운 짐을 양손 가득 들고 업체 미팅에 씩씩하게 다녀왔는데
집에 들어오는 순간 다리에 힘이 풀려 주저앉고,
당연한 듯 쿨한 척 클라이언트의 요구를 모두 받아들일 땐 언제고
돌아서자마자 심장이 터질 듯한 분노에 목이 메기도 하고,
아무렇지 않은 듯 갑에게 자존심을 굽혀 놓고는
화장실에 들어오면 눈물이 쏟아지기도 해.

어쩌면 우리는 모두 그렇게
자신도 모르는 사이에
초능력 발휘와 에너지 방전을 반복하며
하루하루 살아가나 봐.

오늘도 친절 노동

백화점 판매원이나 콜센터 상담원, 승무원 같은
감정노동 종사자에 비할 순 없겠지만
보통의 우리도 친절과 양보와 웃음과 배려를 강요받곤 한다.

프로젝트가 바뀔 때마다 거래처나 클라이언트가 바뀌니
매번 낯선 사람과 일하게 되고,
상대방에 대해 잘 모르니 늘 조심스럽고 다시 친절이 시작된다.

언제부턴가 내 감정보단 남의 감정을 더 중요시하는 것 같다.
심지어 일할 때뿐 아니라 연애를 하기 위해서도
소개팅이라는 이름으로 낯선 이에게 내 진짜 생각은 감추고
친절과 웃음을 베풀고 보는 상황이 당연해졌다.

남의 기분을 상하지 않게 하려 내가 참고,
남의 상태를 살피느라 내 감정은 미뤄 두고.

그래서 일할 때가 아닌 나머지 시간은
가식 없이 대할 수 있는,
미간을 찌푸리고 있어도 오해하지 않을
친한 사람들하고만 있고 싶어진다.

어릴 때는 사람 만나는 게 놀이였는데
어른이 되고 나니 노동처럼 느껴질 때가 많다.
자꾸 편한 사람, 줄곧 만나던 사람만 보다 보니
인간관계가 점점 더 걸러지고 좁아지는 것 같다.

위너와 루저만 있는 건 아냐

아직 준비 중인 사람,
때를 기다리고 있는 사람,
능력을 감추고 있는 사람,
잠시 쉬어 가는 사람…

각자 다양한 상태로 머무는 것인데
왜 자꾸만 뒤처진 자와 앞서 나가는 자로만 구분하려 할까.

9와 0 사이

스물일곱,《서른 살엔 미처 몰랐던 것들》이란 책의 일러스트 작업을 했을 때도
스물여덟, 20대 후반은 질풍노도의 시기라는 그림일기를 그릴 때도
스물아홉, '서른이 넘기 전에 결혼은 할는지~'라는 노래 가사를 들을 때도 그랬다.

서른에는 무언가 알고 있어야 하고
완벽한 어른이 돼 있어야 하고
결혼이든 성공이든 뭐 하나라도 이뤄 놓아야만 할 것 같았다.

1999년과 2000년 사이,
온갖 괴담과 세상이 끝날 것 같은 공포 분위기가 있었지만
세상이 끝나는지 아닌지는 2000년도가 지나간 후에 알 수 있었다.
지나고 나서 보면 종말에 대한 불안과 걱정은 쓸데없는 것이었다.

서른을 넘기고 나니
서른은 완성하는 나이가 아니라 시작하는 나이라는 걸 알게 됐다.
우리가 느끼는 두려움은 2000년이나 서른에서 오는 것이 아니라,
1999와 스물아홉의 '9'가 일으키는 불안이라는 것도.

시작하기 딱 좋은 숫자 '0'.
신입생이나 사회 초년생처럼 어떤 일을 저질러도 용서되고
무엇이든 시작해 볼 수 있는 시기가 10년 만에 다시 돌아왔다.

만 서른을 넘긴 요즘, 어느 때보다 좋다.

보물찾기

'발견'은 완벽한 상황, 완성된 상태에서는 잘 이루어지지 않는다.
불확실함, 불완전함에서 보물이 발견되곤 한다.

신도림역

서울에 올라온 지 얼마 되지 않아서
퇴근 시간 무렵 신도림역에 처음 갔던 때의 기억이
지금도 잊히지 않는다.

2호선과 1호선을 환승하는 넓은 공간에
빽빽하게 들어찬 사람들과 여러 갈래의 환승구.
사람들은 엉키지 않고 빠르게 제 길을 찾아갔다.
환승구로 향하는 보이지 않는 길이 그들을 인도하고 있는 듯했다.

나는 어디로 가야 할지 몰라 갈팡대다
이 사람 저 사람에게 부딪히고 치이며 휩쓸리기를 계속했다.
현기증이 났다.
수많은 까만 머리들이 일사불란하게 움직이는 환승역은
마치 거대한 개미굴처럼 보였다.

남들 눈에는 보이는 길이 내 눈에만 보이지 않는 건가.
내가 서울 사람들의 속도에 맞춰 잘 따라갈 수 있을까?

오지랖만 커져서

술 취한 아저씨가 길에 쓰러져 자고 있는 걸 보고
몇 번을 깨워도 일어나지 않길래 경찰에 신고했다.
몇 년 전만 해도 무서워서 그냥 지나갔을 텐데,
나이 들어 오지랖이 넓어진 건지 마음이 여려진 건지
흉흉한 세상에 무슨 변이라도 당할까 걱정돼 도와주고 싶었다.
그런데 아무리 불러 깨워도 일어날 생각이 없던 아저씨가
경찰과 통화하는 소리는 어찌 그리 단번에 듣는지
일어나서는 나에게 신고했다고 쌍욕을 해대는 거다.

기분도 진짜 안 좋은 상태였는데
남 도와주려다 욕이나 먹고.
누구는 욕할 줄 모르나.
이젠 아무도 안 도와주고 싶어졌다.

이놈의 나이야.
오지랖만 키울 게 아니라
욕먹어도 웃어넘길 줄 아는 아량도 같이 키워 줘야지!

남 탓 해봐야 내 탓

'너 때문이야.'
'네 잘못이야.'
'네 탓이야.'
'난 잘못 없어.'

문제를 똑바로 보지 못하고
당장 눈앞에 보이는 거슬리는 사람, 거슬리는 상황 탓으로 돌려 봤자
마음은 잠깐 편해질지 몰라도
문제가 해결되진 않는다.
오히려 또 다른 문제만 만들어 낼 뿐.

나와 관계된 일이라면 분명 내 탓도 있는 것을,
책임을 피하고 화풀이할 대상을 찾고 싶었던 거다.
내가 불리할 때면 언제나 매 순간
'네 탓이야.'

몸에 쓸 에너지가 부족해

여드름 자국, 칼에 베인 상처, 기미 등
언제부턴가 몸에 상처가 나면 잘 낫지 않는다.

그럴 만도 하지.
어른이 되면서 감정을 숨기고
마음의 상처를 아물게 하는 데 온 힘을 쏟느라
몸에 쓸 에너지가 부족하거든.

거울에 휘둘리지 말 것

너는 너 있는 그대로 의미가 있다.
수변에 비치는 모습,
남들의 시선에 기대어
너의 가치를 증명하느라 지치지 말 것.

거울은 왜곡된 모습을 보여 주곤 하니까.

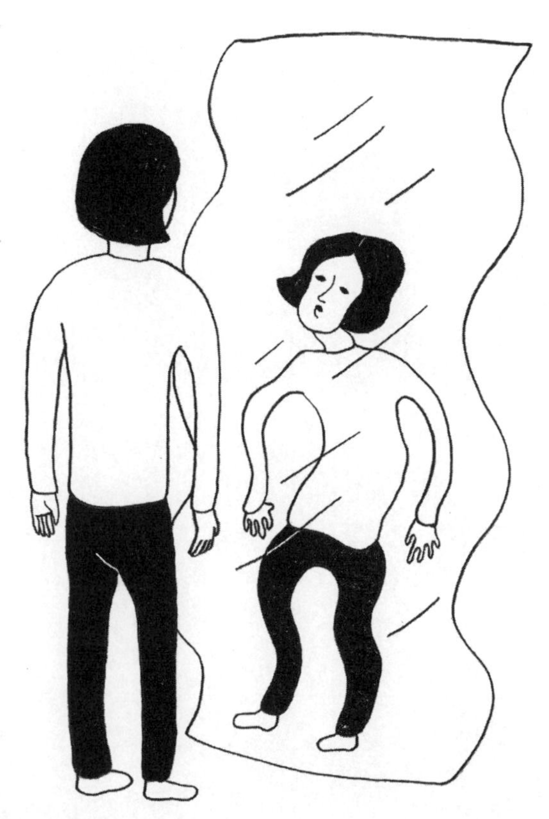

용하다는 그 점쟁이

내일의 내 모습은
타로, 사주, 별자리가 알려 주는 운세보다
어떤 용한 점쟁이보다
어제와 오늘의 내가 더 정확히 말해 준다.

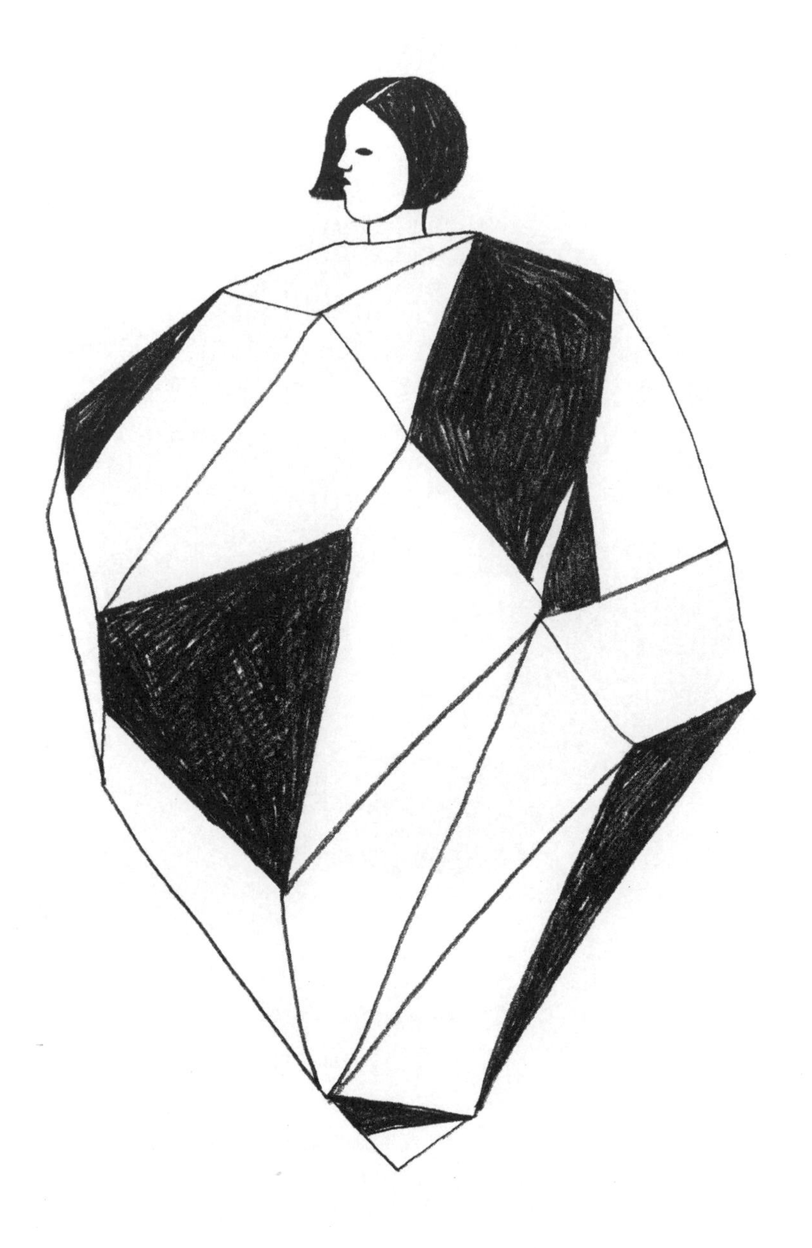

강철심장

20대 초반에는
감정에 휘둘리기 시작하면 걷잡을 수 없이 말려들어
다른 일들을 놓치곤 했다.
그때는 내 마음이 제일 중요했으니까.

요즘에는
밤새 온갖 난리 법석을 떨고, 마셔 대고,
세상이 끝난 것처럼 감정이 폭발해 놓고도
다음 날 새벽부터 일어나
아무렇지도 않게 작업 마감을 하고 있다.

한 살 한 살 나이를 먹으면서 어른이 된다는 건 느끼고 있었지만,
이런 기세라면 몇 년 후에는 강철처럼 단단해질 수도 있을 듯.

나만 가득

다들 그러잖아. 마음은 사람으로 채우는 거라고.
그런데 난 그냥 나로 채울까 봐.
사람들은 채워도 채워도 어차피 나가 버리던걸.

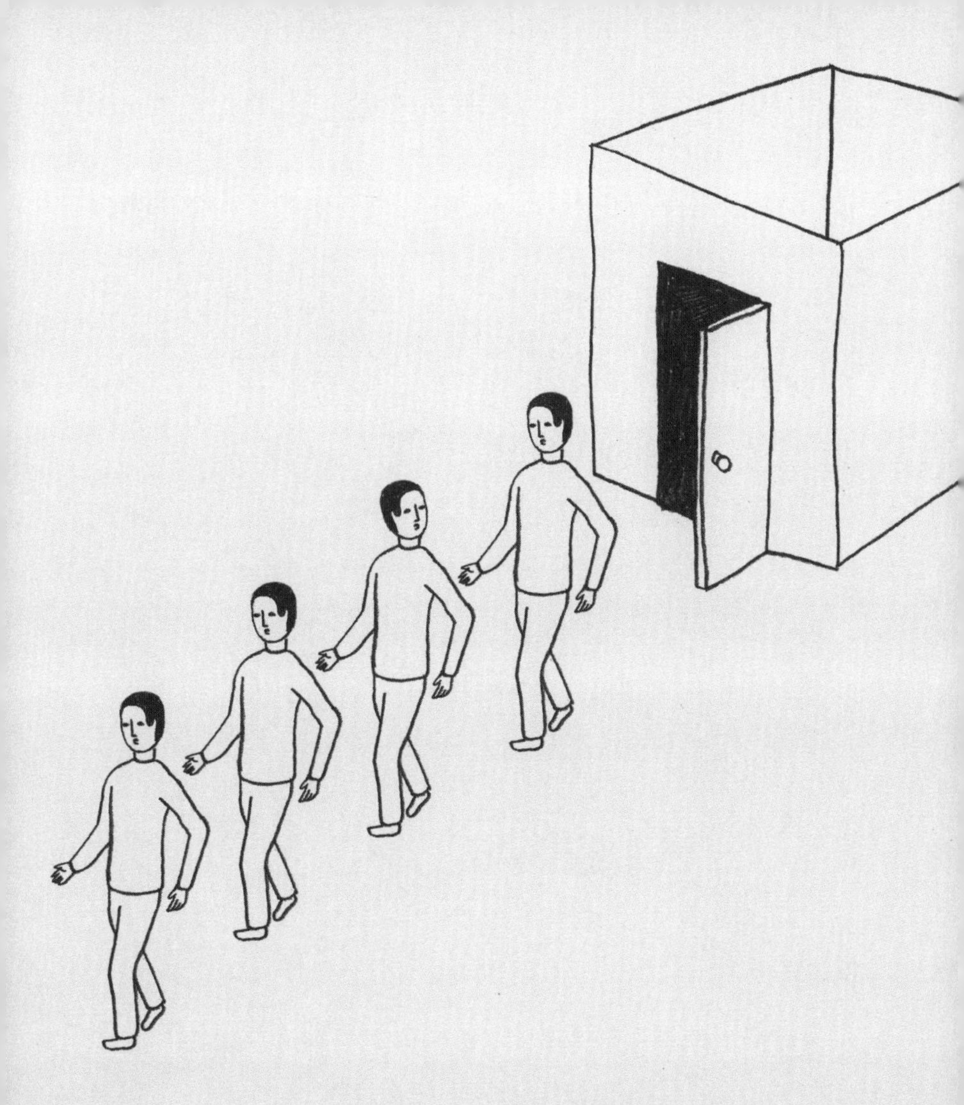

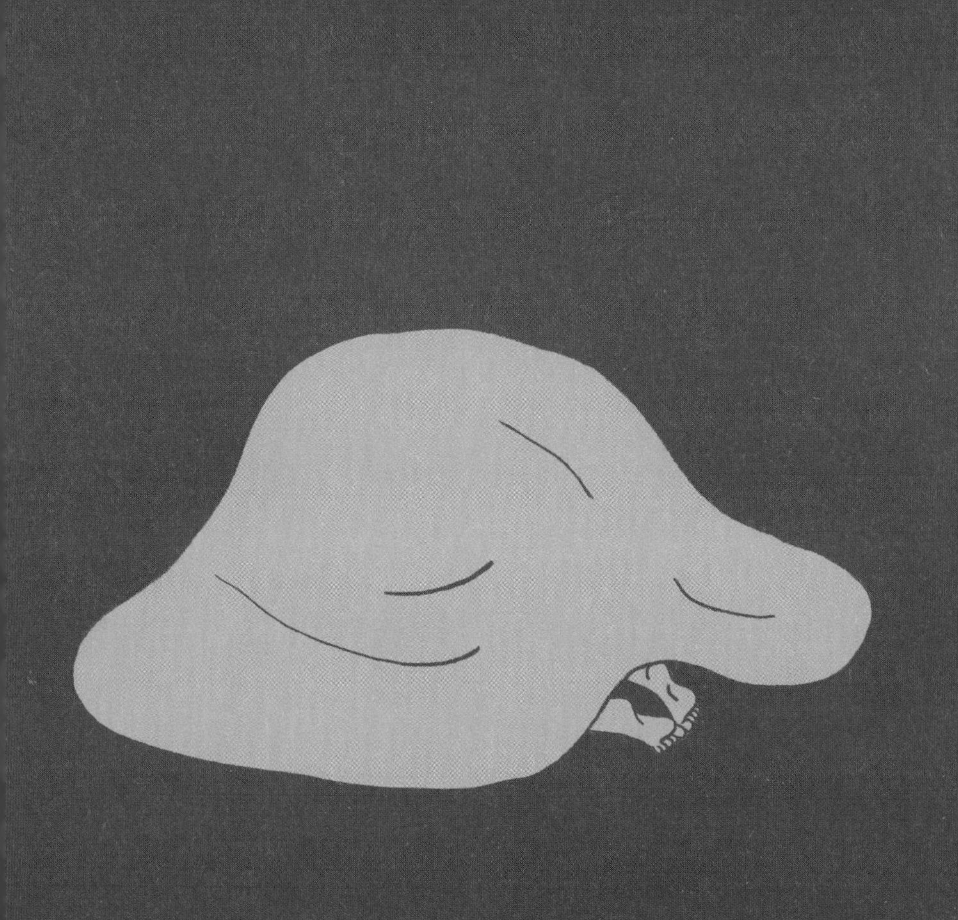

습관

힘든 일이 있어도 잘 드러내지 않는 성격이라
그때마다 가족들 몰래 이불 깊숙이 들어가 숨죽여 울곤 했다.

지금은 내가 우는 걸 흉보는 사람도, 지켜보는 사람도 없는데
속상할 땐 여전히 이불 속 깊이 들어가 얼굴을 파묻게 되더라.

익숙한 장소와 행동 그대로.

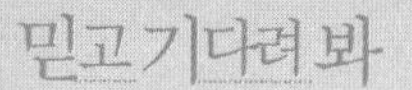

믿고 기다려 봐

미운 오리 새끼, 아기 코끼리 덤보는
모두에게 놀림받고 구박받는 외톨이였지만,
그들을 변화시킨 것은 믿고 기다려 준 '자기 자신'이야.

작다고 생각될 때

어마어마하게 큰 호수에 비해 내 손에 쥔 돌멩이는 보잘것없이 작지만
그 돌멩이를 호수에 던져 생기는 작은 물결은
큰 울림이 되어 호수 전체에 퍼지기도 해.

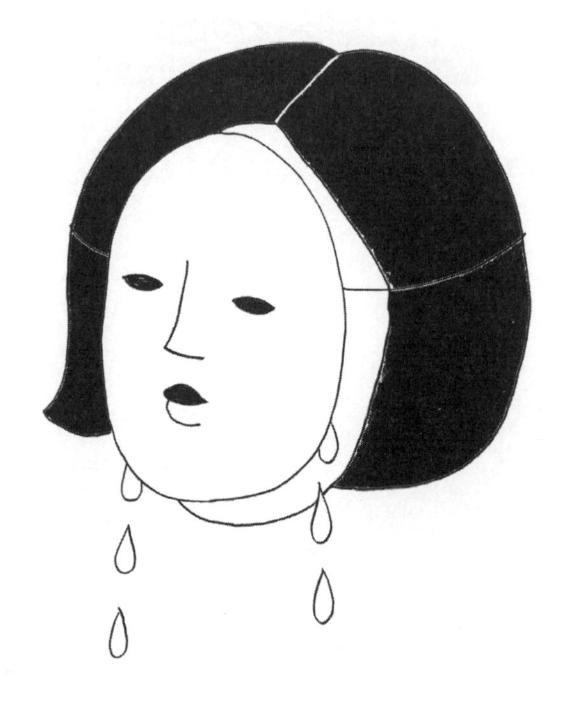

어른의 기준

누군가 토닥여 주면 서러운 마음이 복받쳐 눈물이 더 솟구치곤 했는데,
지금은 약한 모습이 부끄러워 혼자 있을 때만 눈물이 나게 됐다면

이미 어른이 된 건지도 모른다.

아직 오지 않은 타이밍

딱 한 번만 더 하면 이룰 수 있는 거였는데
'지금까지 충분히 노력했으니 이 정도면 됐어'라는 생각으로 포기한다면
너무 아깝지 않겠어?

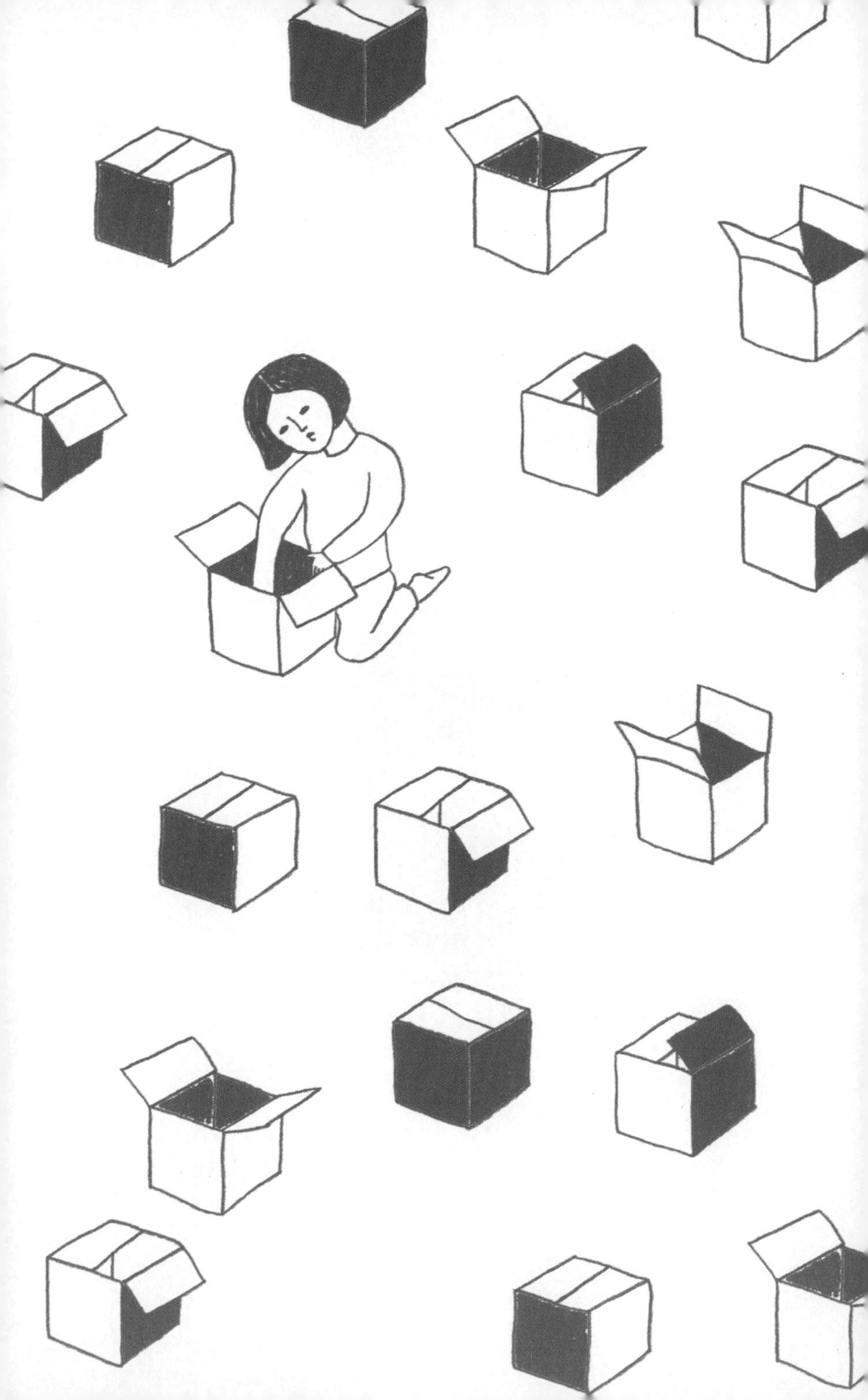

장담할 수 있어?

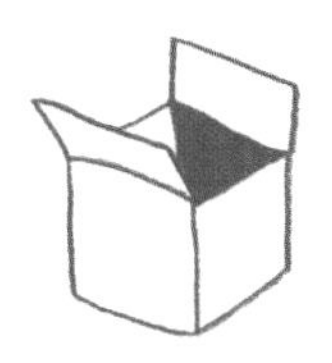

취향이나 성향은 수시로 바뀐다는 것을 알게 된 뒤로는
뭐든 쉽게 단정 짓지 않는다.
경험이 쌓일수록 그때그때 느껴지는 감정의 폭도 달라지고,
다양한 기억들이 뒤엉킨다.
예전에는 쉽게 넘어갈 수 있었던 점들이 지금은 거슬리기도 하고,
참을 수 없을 만큼 분노했던 것들을 아무렇지 않게 웃어넘기는 일도 생긴다.

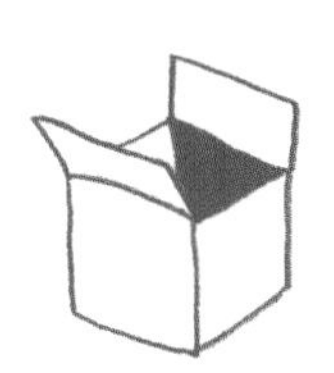

'죽을 때까지' 이것은 먹지 않을 거야.
'다시는' 그 사람을 보지 않을 거야.
'절대' 그곳에 가지 않을 거야.
'영원히' 그 사람만 사랑할 거야.

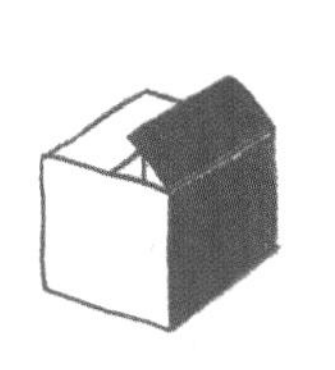

남 앞에서 장담하고 약속했던 것들 중
지금까지 지키고 있는 것이 과연 몇 개나 될까.
그러나 단순히 마음이 변했다고는 할 수 없다.
그 순간의 나와 지금의 나는 경험한 것이 다르니
그때의 감정과 지금의 감정이 다른 것은 당연하다.
이젠 누군가 나의 취향을 물어보면 앞에 한 단어를 붙여 대답한다.

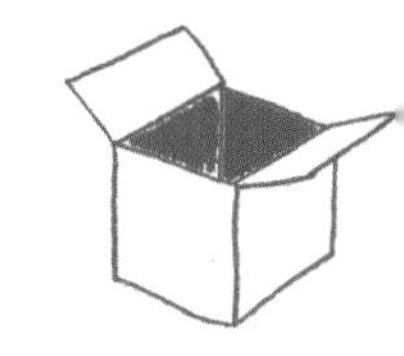

'지금은' 무엇이 좋아요.
'요즘은' 무엇이 싫어요.

자꾸 마음이 변하는 나에게 실망하기보다는
그날그날의 감정을 있는 그대로 받아들이기로 했다.
내일은 완전히 다른 취향의 내가 있을지 모르니까.

매력적인 단점

강점이 어떤 상황에선 약점이 되고,
반대로 약점이 강점으로 발휘되기도 하듯이.
어떤 사람의 특성, 특히 남들보다 특출하거나 튀는 면들은
장점과 단점의 양면을 모두 가지고 있다.

내가 싫어하는 사람의 단점이
어떤 이에게는 그 사람을 좋아하게 하는 장점이 되기도 한다.
그 싫어했던 면을 다른 상황에 대입해서 지켜보다 보면
그 점이 의외의 매력으로 다가와
오히려 더 깊이 빠져들게 될지도 모를 일.

숲에서는 뾰족한 밤송이일 뿐이었는데
우주에서는 빛나는 별이 되더라

솔직한 게 꼭 좋은 걸까

아끼는 사람에게는
진실 또는 진심을 말하면 서로에게 상처가 되니까 감추는 것뿐인데.
그것도 가식이라고 한다면
서로에게 아픔을 주면서까지 가식을 없애고
솔직해지는 게 좋기만 한 걸까.

순간순간이 모여

올지 안 올지도 모르는 미래를 위해
오늘 하루를 어제를 그저께를 희생했다면
언젠가 뒤돌아봤을 때 내 삶은 희생으로만 가득 차 있지 않을까?

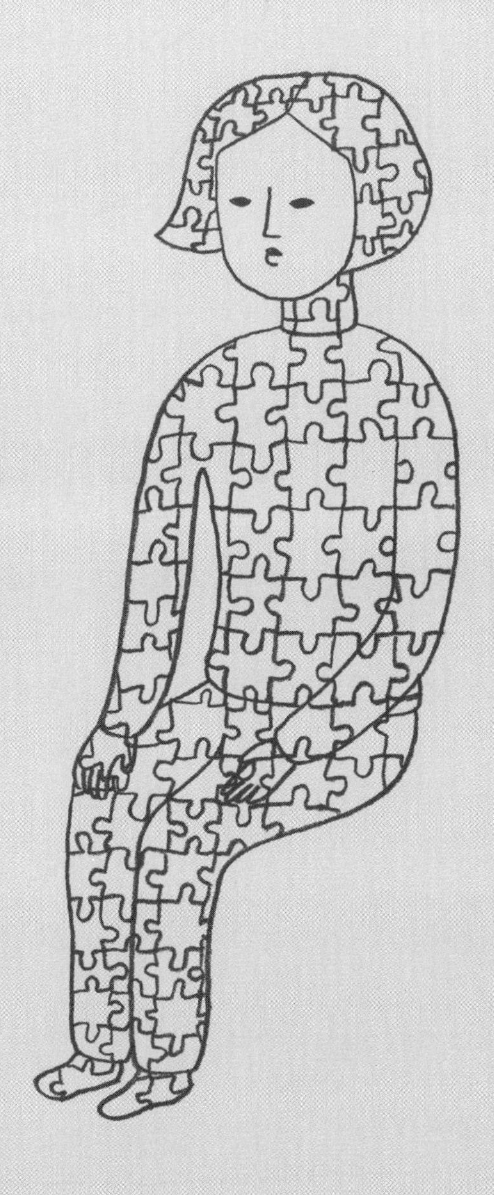

봄에 대한 선입견

원래 봄은 쌀쌀하고 매서운 계절일지 모른다.
아주 잠깐 보여 주는 따뜻함과 포근함을 잊지 못해
언제나 봄에도 봄날을 기다린다.

기다리다

여전히

봄을 기다리는 중.

요즘 세상이 워낙 흉흉하다 보니 두려움과 의심을 안고 살아간다.
내가 혼자 사는걸 주위의 못된 놈들이 알고 있는건 아닐까.
내가 어느새 그들의 표적이 돼 있는 것은 아닐까.

밤늦게 집에 혼자 들어가게 될 때면
누군가 문 뒤에 숨어 있을 것만
같은 공포가 생기기도 하고.

아무 죄 없는 택배 기사분, 신문 배달원을
의심의 눈초리로 흘겨보기도 한다.
그럴 때 이 개인기 하나 갖고 있으면
유용하게 사용할 수 있다.

'성난 남자 목소리 흉내 내기'

택배 아저씨나 모르는 사람이 찾아왔을때 문을 열지 않은 채로
아랫배에 힘껏 힘을 주고 목소리를 최대한 내리깐 후 대답을 한다.
'이 집에는 성난 남자가 살고 있으니 조심하는 게 좋을 거야' 하는
느낌을 주는 것이다.

늦은 밤, 불 꺼진 집에 혼자 들어갈 때는 이 개인기에 옵션으로 찰진 욕을 입 밖으로 내뱉으면 겁먹었던 마음이 사그라지면서 용기를 얻을 수 있다.

*부작용 - 이웃으로부터 미친 여자라는 의심을 받을 수 있음.

*주의사항 - 단지 불안감을 줄이고 심리적 안정을 찾는 데 아주 조금의 도움을 줄 뿐, 실제 위험한 상황에서 실용성이 있는 것은 아님.

비가 오면
슬픈 영화도 보고 싶고
드라이브도 나가고 싶고
동동주에 해물파전도 생각나고.
햇볕 쨍쨍한 날도, 비 오는 날도
모두 놀고 싶으니
대체 일은 언제 하지.

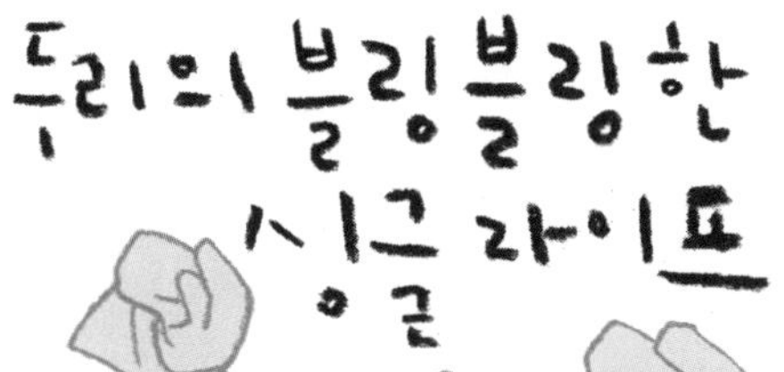

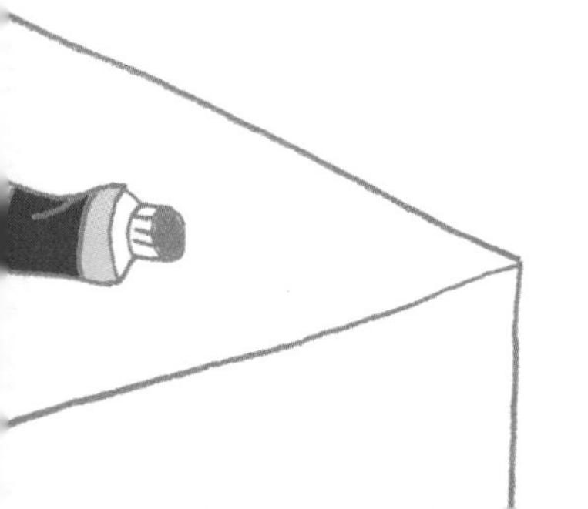

일상을 여행하듯

놀고 싶지만 할 일이 많아 놀 수 있는 상황은 안 되고
바람이라도 쐬며 밖에서 일하고 싶은데
많은 그림 도구를 잔뜩 싸 들고 나갈 수 없을 때는
집 안에서 대안을 찾아보곤 한다.
식탁에 잠시 앉아 카페 분위기를 내며 원고를 읽고
거실로 옮겨 과자를 먹으며 친구의 작업실에 놀러 온 듯 아이디어 스케치를 한 뒤
다시 작업 책상으로 돌아와 채색한다.
좁은 공간 안에서 위치와 시선을 조금씩 바꿔 가며
같은 장소지만 여행하듯, 질리지 않게.
언제나 머물러야 하는 이 공간을 사랑할 수 있도록.

'여행지란 장소가 아니라 사물을 바라보는 새로운 방식이다.' -헨리 밀러

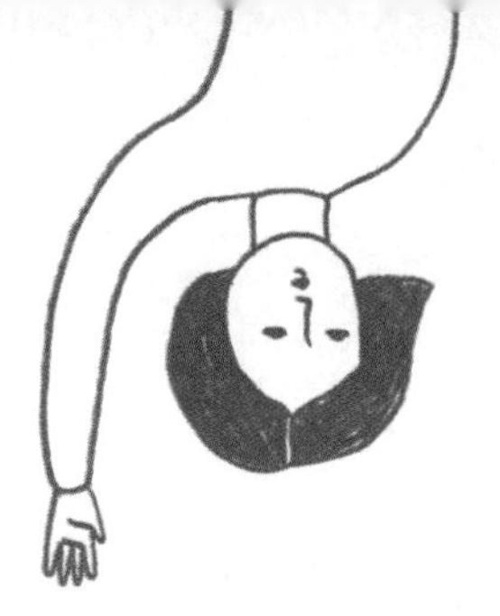

프리랜서는 급만남주의

어떤 분야에 있든 간에 프리랜서라면
'급약속', '급여행'처럼 언제나 예기치 못한 일정을 잡는 데 익숙하다.
주말과 평일의 경계가 뚜렷하지 않고
언제나 불확실한 일정과 불규칙한 일상이지만
마감이 끝나고 나면 그 해방감을 같이 즐길 수 있는 사람들을 찾게 된다.
그래서 나의 '급만남' 제안을 반겨 주는 사람과 친해지기 마련이다.

반대로 내가 사람들을 충족시켜 주지 못하는 경우도 허다하다.
"나 요즘 일 별로 안 해. 한가해. 나랑 놀아 줘"
라고 좀 전까지 말해 놓고 막상 연락이 오면
"나 안 돼. 갑자기 급한 수정이 들어왔어"라든가,
"꼭 하고 싶은 좋은 프로젝트가 생겼어"
라고 말하기 일쑤다.

어쨌든,
내 번개 제안은 반겨 주고, 내가 거절할 때는 이해해 달라는
이기적인 이야기.

일러스트레이터의 직업병 ❶

파워 숄더

운동치료 선생님은 늘 내게 어깨를 내리라고 하고,
요가 선생님은 어깨에 힘을 빼라고 말한다.

그림을 그리느라 하루 종일 어깨가 올라간 자세로 굳어 있다 보니
언제부턴가 내 어깨는 일자가 되더니 이제는 점점 솟아나고 있는 것 같다.

곧 하늘까지 치솟을 듯.

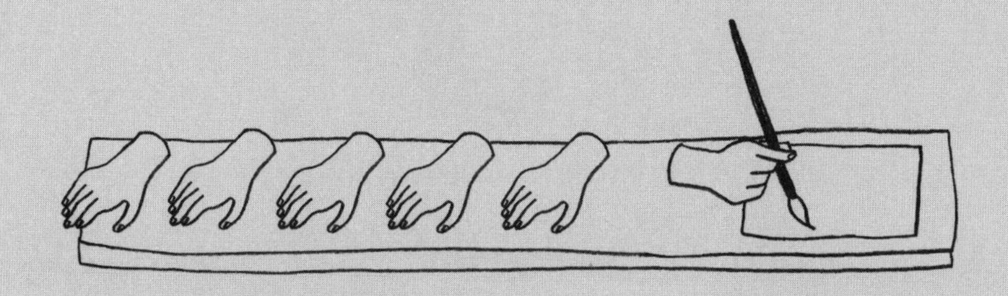

일러스트레이터의 직업병 ❷

손목 통증

내 손목은 소모품이라
조만간 떨어져 나갈 것 같다.

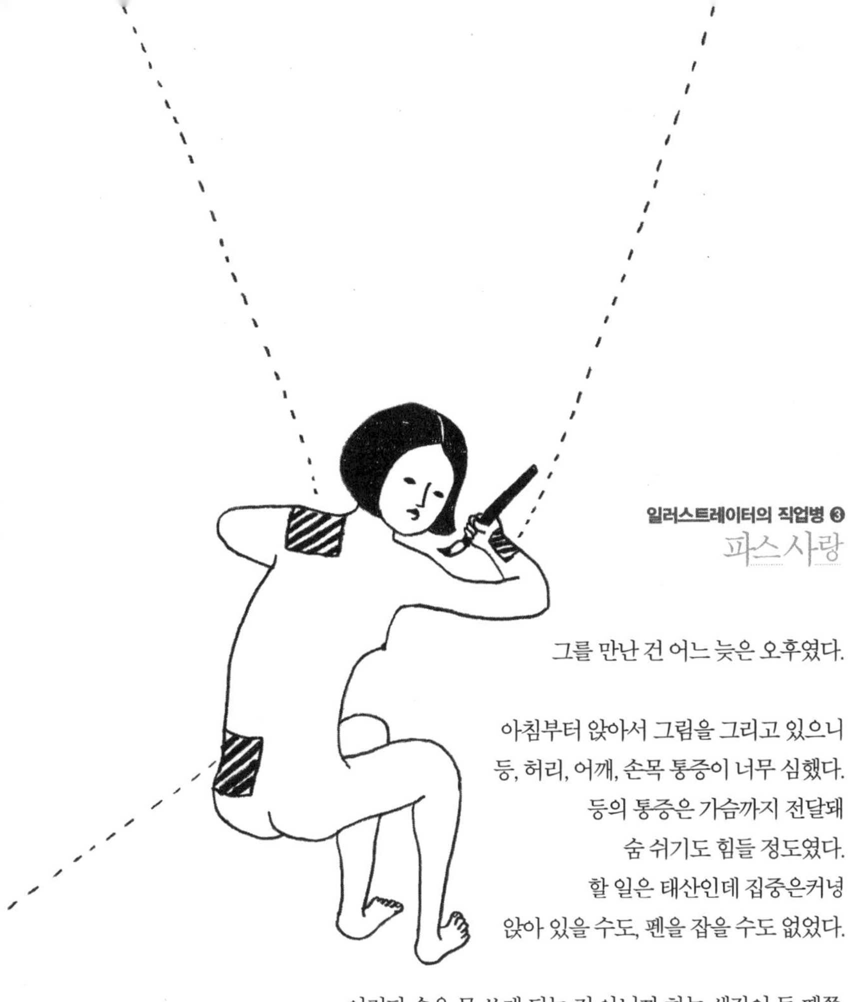

일러스트레이터의 직업병 ❸

파스사랑

그를 만난 건 어느 늦은 오후였다.

아침부터 앉아서 그림을 그리고 있으니
등, 허리, 어깨, 손목 통증이 너무 심했다.
등의 통증은 가슴까지 전달돼
숨 쉬기도 힘들 정도였다.
할 일은 태산인데 집중은커녕
앉아 있을 수도, 펜을 잡을 수도 없었다.

이러다 손을 못 쓰게 되는 건 아닐까 하는 생각이 들 때쯤,
파스가 내게로 왔다.
몸이 점점 뜨거워졌다가
한순간 파스의 기운이 확 퍼지면서 차가워지는 느낌.
마치 사이보그가 된 것처럼 일에 온전히 집중할 수 있었다.
파스 하나면 다섯 시간 정도는 끄떡없다!

내 사랑 파스.

아이라인을 바꿔야 할 때

"참 착해 보여요."
라는 말은 듣기 좋다.
하지만 착한 것과 순종적인 것을 헷갈려서는 안 된다.
배려심 있고 남의 감정을 잘 이해하고 연민을 잘 느낀다고 해서
어느 상황에서나 남의 주장에 동조해 주지는 않는다.

누군가 자신의 의견에 잘 따라 주지 않을 때,
그 누군가가 평소 자기주장이 강하고 센 캐릭터가 아닌
착한 캐릭터의 사람이라면
자신도 모르게 더 크게 실망하곤 한다.
그건 그 사람의 잘못이 아니라
선입견과 오해 속에서 그 사람이 무엇이든 잘 따라 줄 거라 기대한
당신의 잘못일지도 모른다.

그래서 나도
상대방이 덜 실망하도록 기대치를 낮춰 주기 위해
강아지처럼 순한 아이라인에서
고양이처럼 날카로운 아이라인으로 바꿔 보려고.

그림과 마음의 동기화

어쩌다 보니 심리 치유서의 그림 작업을 많이 해 와서
'위로 전문 일러스트레이터'라 불리기도 하는데

어떤 때는 마치 연기에 너무 몰입한 나머지
캐릭터에서 빠져 나오지 못하는 배우처럼,
마음이 아파서 상처를 담은 그림을 그리게 된 건지
상처를 담은 그림을 그리다 보니 마음이 아프게 된 건지
알 수가 없다.

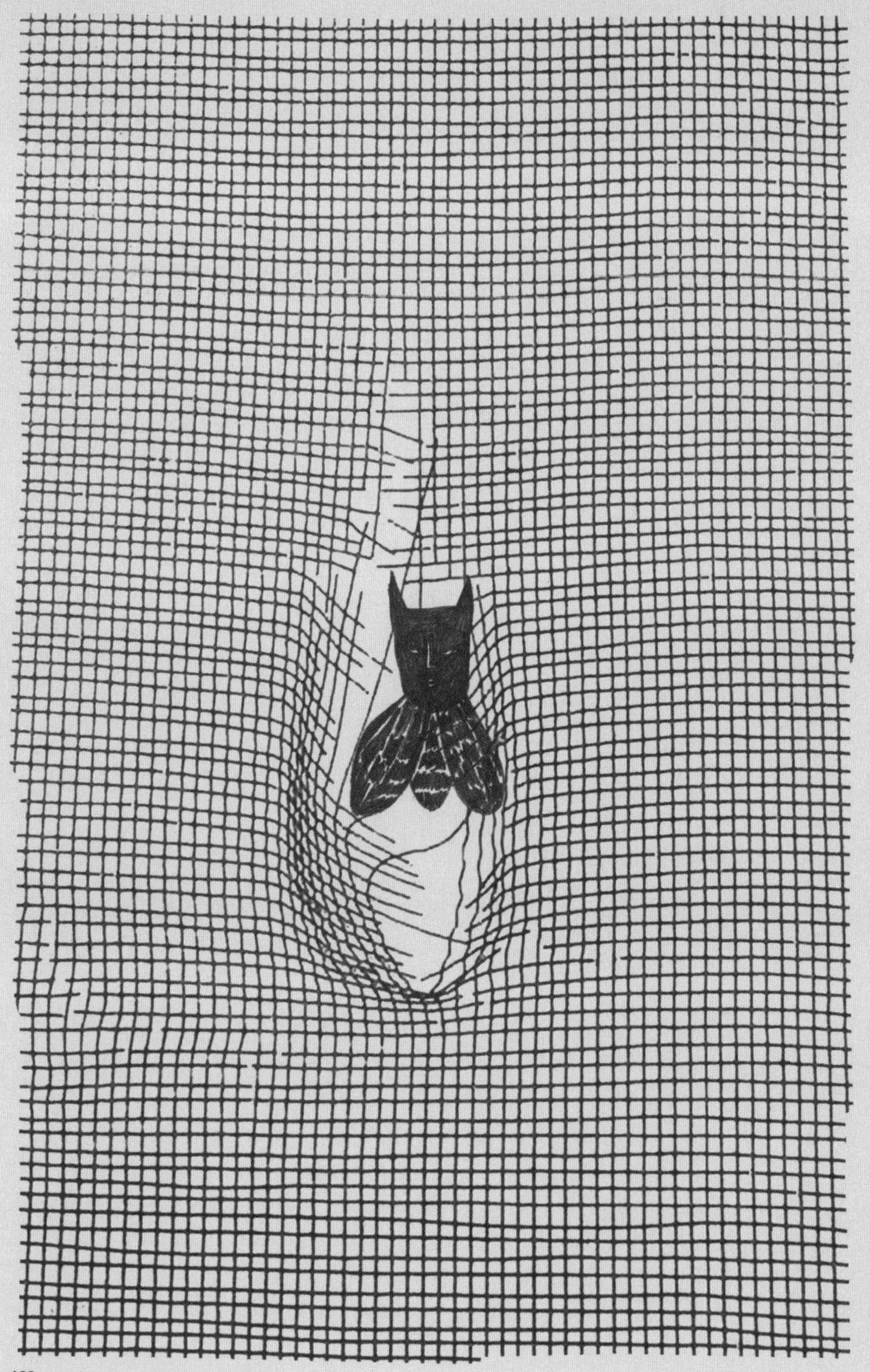

살생의 유혹

매년 여름이 되면 새벽부터 매미들이 방충망에 달라붙어
미친 듯이 울어 댄다.
멀리 떨어진 나무에서 울어도 엄청난 데시벨을 자랑하는 매미인데
방충망과 내 침대의 거리는 고작 1미터.
곤히 자다가 귀퉁이를 세게 두들겨 맞는 느낌이다.

평일과 주말의 구분이 없는 프리랜서지만
주말에는 왠지 늦잠을 자고 싶은데
토요일 새벽부터 이놈의 매미들이 번갈아 가며 방충망에서 울어 댄다.
분노가 극에 달해 빗자루로 방충망을 내려치는 순간,
요가로 다져 온 근육의 힘이 폭발한 것인지
잠결에 힘 조절을 못 한 건지
방충망에 구멍을 내고 말았다.

이 매미 악마 새끼들…
가만 안 둬.

아임 '낫' 어 모델

여름엔 치렁치렁 머리를 풀어 헤치기보다는
자연스레 헤어밴드를 하거나 머리를 묶게 된다.
또 쉽게 번지거나 더워 보이는 아이섀도 대신
시원해 보이는 원 포인트 메이크업을 추구하게 된다.

오버사이즈 리본이 달린 스카프식 헤어밴드를 하고
포인트를 줄 수 있는 빨간 립스틱을 바르곤 하는데

왠지 거기에 몸빼 바지만 입으면 '패션의 완성'이 될 듯.

별을 가진 여자들

여름은 뮤직 페스티벌의 계절!
낮엔 잔디밭에 누워 맥주를 들이켜다
해가 지면 무대 앞으로 돌진해서 뛰어놀 수 있는,
일상의 스트레스를 단번에 날려 버릴 수 있는,
뛰고 소리 지르다 귀가 먹먹해져도 그저 신 나는,
비든 땀이든 맥주든 무엇에 흠뻑 젖어도 상관없는 계절.

그 중심에는 무대 위의 뮤지션들이 있는데
하나같이 어쩜 그리 멋있는지 정신을 쏙 빼 놓곤 한다.

그런데 말이야.
이렇게 수천 명의 사람들을 열광시키고 홀리는
록스타의 여자 친구는 대체 어떤 사람들일까?
얼마나 섹시하길래 그 별을 갖게 된 걸까?
비법 좀 공유 바람.

혼자녀의 특권

한여름에는 기껏 시원하게 샤워한 뒤에
욕실에서 옷을 다 챙겨 입고 나오느라 다시 땀 흘리는 것만큼
찝찝한 게 없는 것 같아.

하지만 혼자 사는 집에선 그럴 필요가 없잖아.
혼자 있을 때 홀딱 벗고 돌아다니는 게 얼마나 신 나는데!

고운 피부와 날씬한 배를 맞바꾸는 법

와인에 양파를 재운 천연 화장수가 좋다길래,
먼저 써 보신 엄마의 적극적 권유로 사용한 지 한 달째.

중간 평가 및 의견:
잡티가 살짝 연해진 느낌이 듦.
미백 효과보다는 보습력이 꽤 만족스러움.
촉촉함이 웬만한 고가 화장품 못지않음.
엄마에게 계속해서 공급해 달라고 할 생각임.

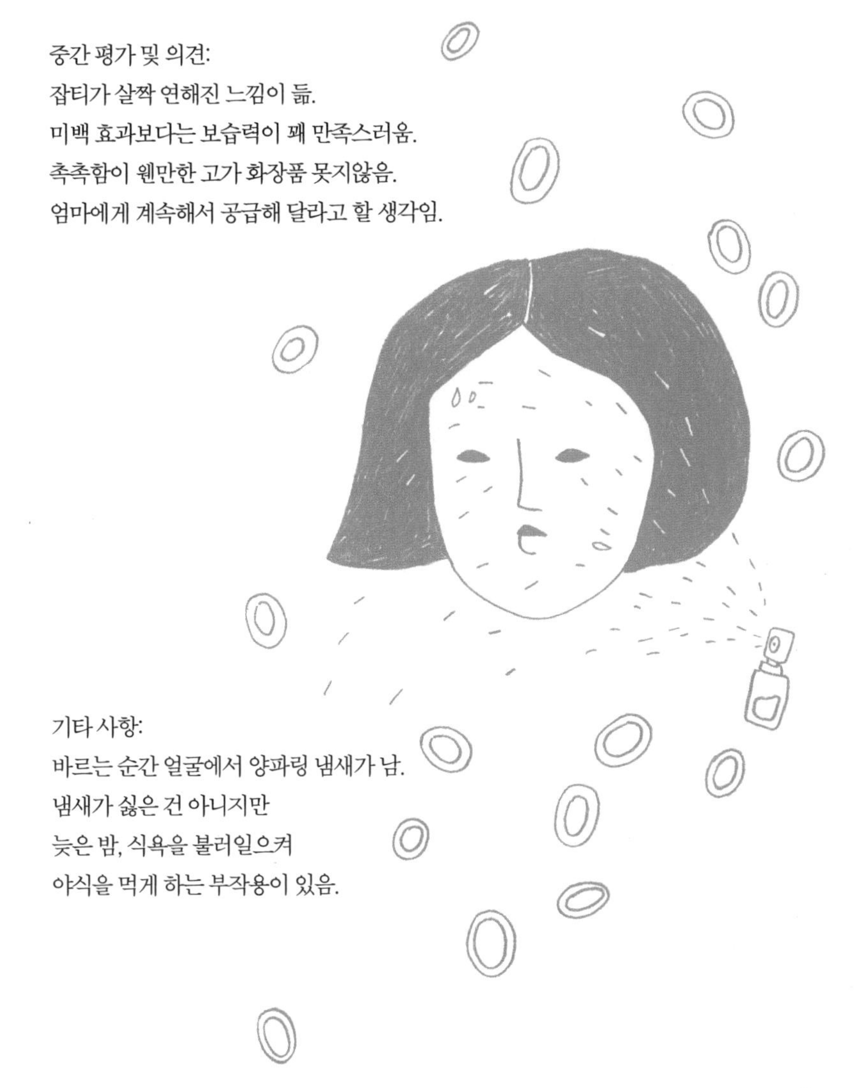

기타 사항:
바르는 순간 얼굴에서 양파링 냄새가 남.
냄새가 싫은 건 아니지만
늦은 밤, 식욕을 불러일으켜
야식을 먹게 하는 부작용이 있음.

댄스타임 롸잇 나우

해가 지기를 기다린다.
밤이 돼서 안이 밖보다 밝아지는 시간.
베란다 창이 새까맣게 돼 내가 비치는 바로 이 시간.
창을 거울 삼아 댄스 롸잇 나우~
오늘 하루 스트레스 훌훌 털고 셰킷 셰킷~

혼자 사는 집은 종종 내 전용 클럽이 되곤 한다.

에브리데이 홀리데이

예전에는 맑은 날만 좋아했다.
잔디밭에서 광합성을 할 수 있고
한강 둔치로 소풍 갈 수 있는
햇볕 쨍쨍한 날.

요즘에는 비 오는 날도 좋더라.
비가 오면
슬픈 영화도 보고 싶고
드라이브도 나가고 싶고
동동주에 해물파전도 생각나고.

큰일이다.
이젠 햇볕 쨍쨍한 날도, 비 오는 날도
모두 놀고 싶으니
대체 일은 언제 하지.

두리, 도리, 도라

주변인들의 오타가 만들어 낸 다중인격.
평상시엔 두리,
얌전할 땐 도리(道理),
화났을 땐 (빡)도라.

특별한 통로

아무리 피곤해도
설령 과음을 했더라도
자기 전엔 꼭 책을 읽는다.

늘 같은 일과가 반복되는 일상에서
잠들기 전 매일 다른 페이지를 읽음으로써
오늘은 어제와 다른 마무리를 지을 수 있다.

반복적인 습관이
오히려 되풀이되는 일상에 변화를 주는
특별한 통로가 되기도 하더라.

예민하고 소심한 누군가에게

불안함
유약함
끊어질 듯 팽팽한 신경줄
위태위태한 문체
자기혐오
인간에 대한 공포
버림받지 않기 위해 하는 광대짓.

일상에서 예민함과 소심함은 쓸모없는 것으로 치부되곤 하지만
예술에서는 인간의 내면을 파고드는
예리한 칼날로 쓰일 수 있다.

그러니 예민함을 부끄러워하지도,
함부로 다루지도 마.

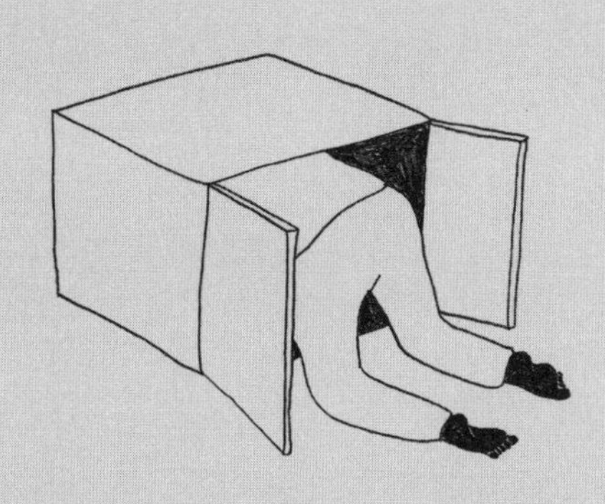

옷장 속 블랙홀

오늘도 입을 옷이 없다.

작년에는 벗고 다닌 건가.

옷장 속엔 옷을 빨아들이는 블랙홀이 있는 게 분명해!

식탐은 체질도 이긴다

카페인에 민감하게 반응해서 커피는 못 마신다고 말하지만
티라미수, 아포가또, 깔루아 밀크 등은 가끔씩 즐기고 있다.
그 속에 든 카페인에는 몸이 반응을 보이지 않는 걸 보면
맛있는 것은 먹어야겠다는 본능이 체질을 이기는 듯.

스트레스 해소 패턴

스트레스를 받으면
떡볶이, 낙지볶음 같은 매운 걸 먹게 되고
그러면 아이스크림처럼 단 후식을 꼭 먹어 줘야 하고
입이 달아지면 짠 스낵류가 당기고
짭짤한 과자를 먹다 보면 시원한 맥주가 생각나고
맥주를 마시다 보니 배가 불러 소주로 갈아타고 있다.

분명 오늘만큼은
스트레스를 술로 풀 생각이 없었는데.

연료 충전

누가 시키지도 않은 취미생활은 온 힘을 다해서 하고
정작 생계를 위해 혹은 미래를 위해 해야 하는 일은
미루고 미루다 처리하다 보니
혹 내가 비효율적으로 살고 있는 게 아닌가 싶더라고.

그런데 누가 시키지 않아도 온 힘을 다해서 하는 그 일들이
꼭 쓸모없는 일만은 아닌 것 같아.
그 일로 좋은 에너지를 모아서 다른 일을 하는 데 사용한다면
그 취미는 어떤 일보다 굉장히 경제적인 일이 되는 거잖아.

나를 움직일 연료를 만드는 일.
어떤 게 더 중요한지는 나만이 알 수 있는 거야.

눈 뜨자마자 하는 일은 동거인에게 인사하는 것.

한 사람에게 만족할 수 없는 성격인가 봐. 봄 탄다고들 하지?
봄만 되면 솟아오르는 입양 본능을 주체할 수가 없네.

결국, 또.

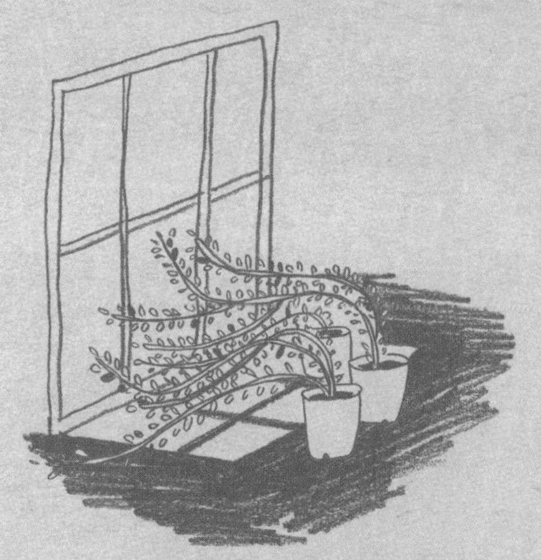

실내에서 식물을 키우다 보면 손이 많이 가.
빛도 충분하지 않고 환기도 잘 되지 않으니
자연 상태와는 다르게 세심하게 신경 써 줘야 해.
아이들은 빛을 찾아 몸을 비틀어 자라곤 하는데
한 방향으로 몸이 휘어서 단단하게 굳어지기 전에 자주 방향을 돌려 줘야 해.
이미 단단하게 휘어진 줄기는 다시 반듯하게 되돌릴 수 없거든.

빛만 쫓는 것처럼 보이지만,
화초 중에는 밤만 되면 왠지 더 싱싱해 보이는 애들도 있어.
혹시 이 아이들 밤이 되면 좁은 화분에서 기어 나와 발 뻗고 쉬다가
아침이 되면 아무 일 없다는 듯 제자리로 돌아가는 건 아닐까?

그래, 너희가 나를 뒤에서 욕하더라도
나는 언제나 너희 걱정뿐이야.
병이 들진 않았을까, 햇볕이 너무 뜨겁진 않을까, 물이 마르진 않았을까.
내가 아파도 힘들어도 슬퍼도
언제나 너희를 돌봐주잖아.

내가 아파도

힘들어도

슬퍼도

오늘 나 정말 힘들었는데,
오늘 하루만큼은 너희가 날 돌봐줄 순 없겠니.

나 잠시만 이렇게 있을게.

집을 비운 몇 주간 화분에 물도 못 주고 땡볕 아래 버려뒀더니
약한 아이들은 못 견디고 떨어져 버렸어.
그 와중에 살아남은 독한 아이들도 있어.
그들이 살아남은 방식은 자신의 오래된 잎을 모두 떨어뜨리고
늦게 태어난 줄기 위쪽 잎만 살려 두는 거야.
임무를 다해 약해진 것들은 자신의 몸일지라도 버리는 거지.
그래야 살아남는 거라면, 난 할 수 있을까?

점점 추워지는 날씨 때문에 걱정이야.
내 새끼들을 곧 베란다에서 거실로 들여야 할 것 같긴 한데
거실은 베란다보다 신선한 공기도 햇빛도 부족하니
이래도 걱정, 저래도 걱정.

그래서 자식 걱정은 끝이 없나 봐.

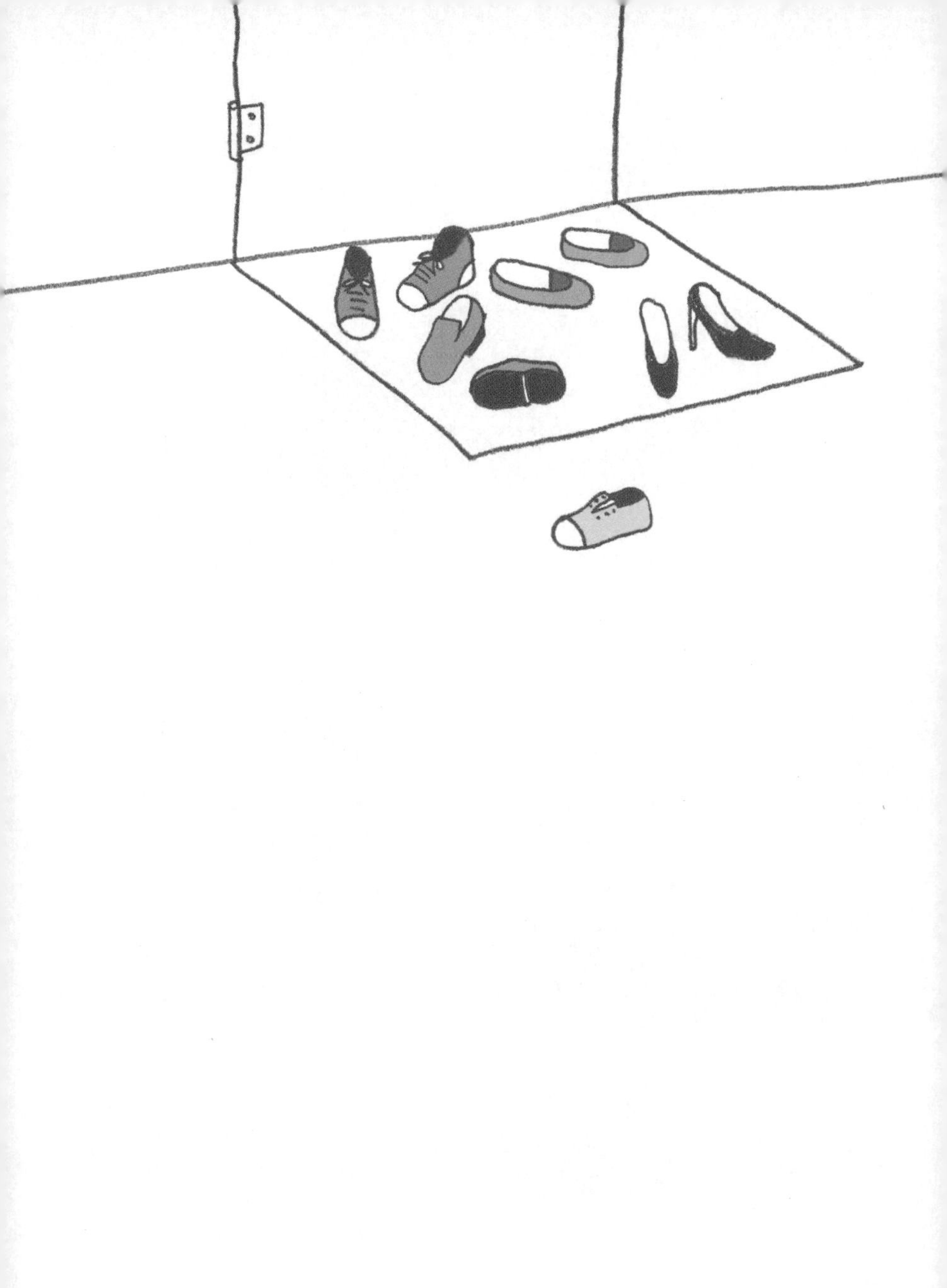

늘 함께는 아니지만

어린 시절과 가족에 대한
기억으로 채워진 고향 집은
마치 타임머신을 타고 돌아간 듯
내가 떠나온 열아홉 살 시절로 돌아간 기분을 느끼게 해 준다.
어른인 척하느라 지친 몸과 마음을 되돌리는 시간.

텔레파시

부모님의 간섭 없는 자유로운 생활을 만끽하다가도
정작 힘들 때는 엄마 밥이 그립고
엄마 품에서 잠들고 싶을 때가 있다.
몸이 정말 아프다거나 하루가 너무 고됐다거나.

신 나게 놀 때는 고향 생각 한번 안 하다가
힘들 때만 찾는 아직 애 같은 내 모습이 싫어서
엄마 목소리 듣고 싶은 걸 꾹 참고 있다 보면,
어떻게 알고 엄마는 그 시간에 전화를 걸어
나를 울리곤 하는 걸까?

엄마 보고 싶다.

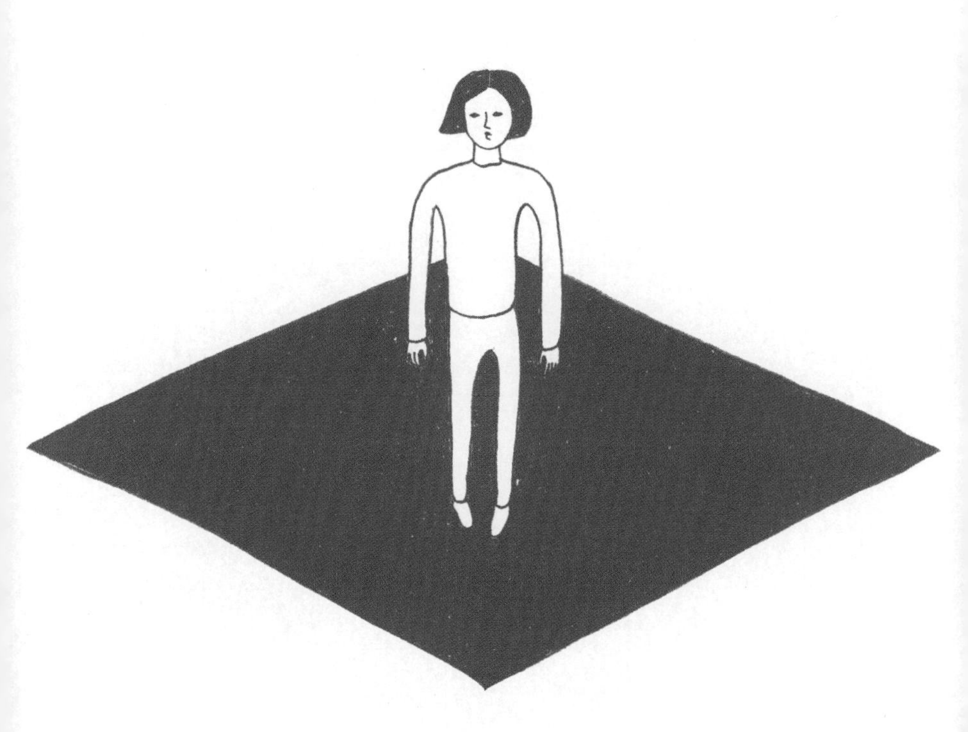

두 번째 독립

지방에 살다가 서울에 있는 대학에 가면서 자취를 시작했다.
부모님의 통제와 간섭 없는 자유는 어떤 건지 상상을 즐길 새도 없이
정신없이 집을 구하고 가족과 친구들과 떨어져 독립을 맞이하게 됐다.
'이젠 독립해도 되겠어!' 라고 마음먹기 전에 하게 된
첫 번째 독립이었다.
환경도 인간관계도 생활 방식도 모두 바뀌었지만,
그래도 서울에 있는 언니와 함께 살아서 큰 문제없이 적응해 나갔다.

8년이 흐른 뒤,
같이 살던 언니가 시집을 간다고 집을 떠난다고 한다.
매일 다투고 서로 못 잡아먹어 안달이었기에
혼자 살고 싶다고 노래를 부르곤 했지만,
첫 번째 독립 때처럼
내가 마음의 준비도 하기 전에
언니는 자신의 짐과 흔적을 정리해서 나갔다.

내 의지와 상관없이 상황에 의해
이렇게 두 번째 독립을 하게 됐다.

이제는 진짜 혼자다.

자매애란 이런 것

"이 고데기 언니가 가져가. 이건 언니가 더 자주 쓰는 거잖아."
"아니야. 이건 너한테 더 필요할 거야."
"언니 우리 자주 보자."
"응. 아마 떨어져 살면 더 돈독해질걸?"

헤어질 때는 그렇게 애틋하고 영영 못 볼 듯 아쉽더니.

며칠 뒤 놀러 간 언니의 신혼집 옷장에
내가 제일 좋아하는 티셔츠가 섞여 들어가 있는 걸 발견하고는

"아, 진짜! 짜증 나! 이거 내 거잖아! 누가 가져가래!"

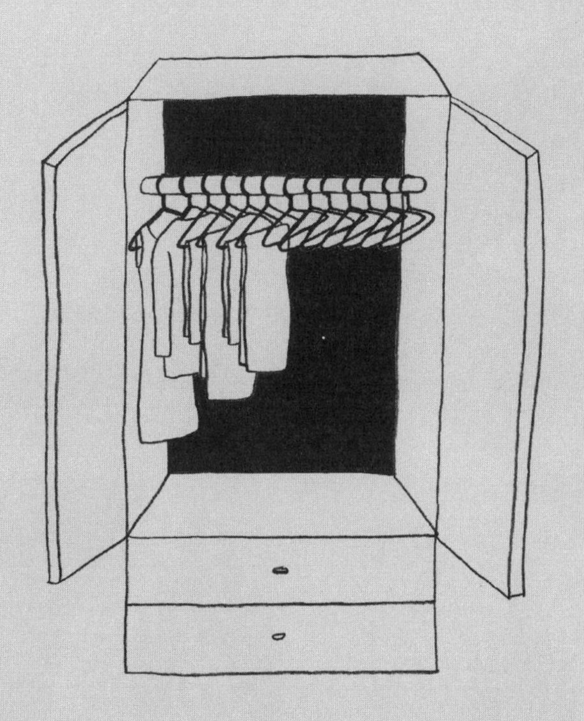

옷장 전쟁 할 때가 좋은 시절

같이 살 때는 서로 같은 옷을 입겠다고
언니와 시도 때도 없이 다투곤 했다.
분이 안 풀려 그 옷을 꼭 입어야겠다고 우기긴 했지만
가득 찬 옷장 안에서 차선책은 많았다.

언니와 따로 살게 된 뒤,
옷장에 반만 차 있는 옷들을 보면 애초에 선택부터가 어려워서
차라리 옷장 전쟁 하던 때가 그리워진다.

유도 자매

어른이 된 후 올림픽을 보면서 알게 된 것.
거의 20년 동안 "레슬링 한 판 뜰까?" 하고
언니와 온 집안을 몸부림치며 돌아다녔던 것이
'레슬링'이 아닌 '유도'와 매우 흡사하다는 사실!

만약 엄마가 우리 어릴 적부터
이 반사적인 몸짓을 자세히 관찰하고
일찍이 방향을 틀어 주셨다면

우리는 세계 최고의 유도 자매가 되었을지도.

언제나 내 앞에서

옷이며 책이며 항상 언니 것을 물려받아 온전한 내 것은 없었고,
싸울 때마다 어린 동생이 언니에게 대들었다는 이유만으로 무조건 혼이 났었다.
언니라면 지긋지긋할 만한데도
철없던 시절에는 언니 뒤만 졸졸 따라다녔다.

언니가 플루트를 배우면, 나도 배우겠다고 하고
언니가 디자인과를 지원하자, 한때 화가를 꿈꿨던 나도 디자인과를 가고
언니가 운전면허를 따면, 나도 덩달아 운전을 배웠다.
언니가 라섹 수술을 한 뒤, 겁 많던 나도 라식 수술을 결심했다.

주변 사람들이 함께 자전거 여행을 가자며 몇 년째 자전거 배우기를 종용해도
겉으로만 '알겠다, 알겠다' 맘에 없는 대답으로 대응해 왔는데

얼마 전 언니가 자전거 타는 법을 배웠다며
자유롭게 씽씽 달리는 모습을 보여 주었다.
언니가 탄다면 나도 탈 수 있을 것 같았다.
언니가 알려 준다면 나도 해낼 수 있을 것 같았다.
나도 언니에게 신 나게 달리는 모습을 보여 주고 싶었다.

어릴 때 집에 자전거가 없어서 배울 기회를 놓친 게
내 잘못이냐고 큰소리치던 내가
자전거 못 타도 사는 데 지장 없다고 버티던 내가
갑자기 자전거를 배워 보겠다고 다리에 멍이 들어 가며 낑낑대고 있더라.

언니가 자전거를 배우지 않았다면,
어쩌면 나도 끝까지 배우지 않았을지도 모를 일이다.
자매란 조력자와 경쟁자 사이를 오가는
참으로 복잡 미묘한 관계다.

도둑딸

시집간 딸년이나 안 간 딸년이나
고향 다녀오면 다 똑같이 도둑년.

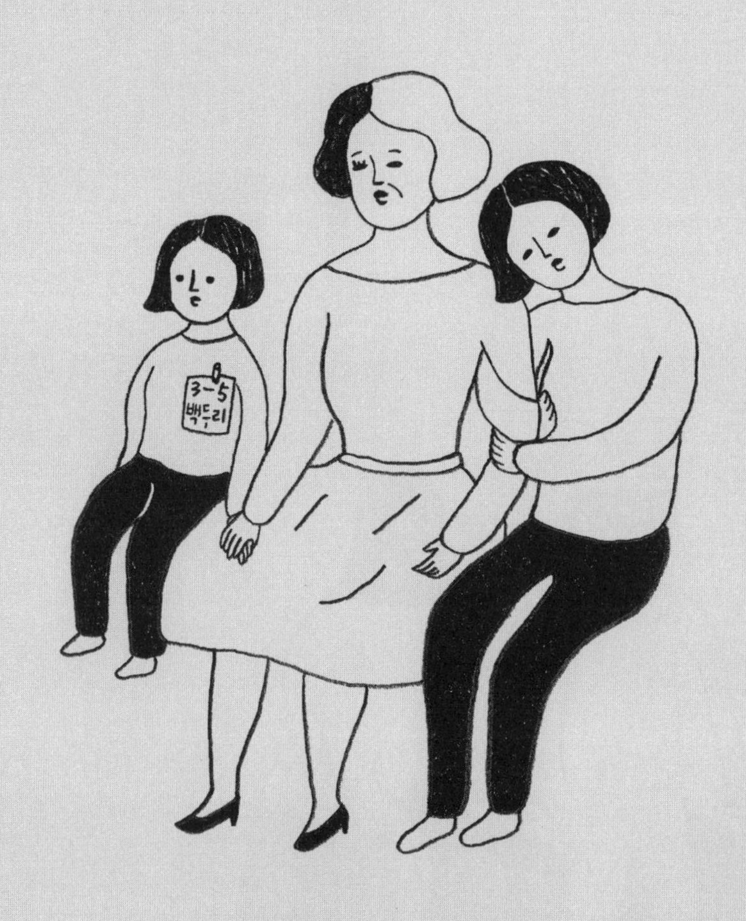
3-5
백두리

제일 예쁜 엄마

맹랑한 꼬마다.
해외여행에서 우연히 만난 한국 아이가
말도 잘하고 귀여워서 예쁘다 예쁘다 해 줬더니,
이 조그만 것이 아직 손주도 없는 우리 엄마에게
할머니 같다며 "할머니, 할머니" 불러 대는 거다.

나쁜 의도가 있는 게 아닌 어린아이가 하는 행동인데도
속에서 열불이 끓어올랐다.
'이 자식이 진짜! 너 이렇게 젊고 날씬하고 예쁜 할머니 봤어?
너네 엄마도 펑퍼진 아줌마고만!'
속에서 부글거리며 올라오는 말을 눌러 대다가
나도 모르게 여섯 살짜리 아이에게 소리를 질렀다.
"야! 할머니 아니야! 아니거든! 아니라고!"

엄마를 볼 때면
여전히 내가 열 살쯤에 봤던 엄마 얼굴로 보인다.
30대의 엄마 얼굴.
나는 엄마가 학교에 오는 게 좋았다.
엄마는 멀리서부터 눈에 띄었다.
모든 엄마 중에 우리 엄마가 제일 예쁘고 날씬했다.
친구들 모두 우리 엄마를 부러워했었다.
나한테는 지금도 여전히 세상에서 제일 예쁜 엄마다.

그 꼬맹이에게 꿀밤이라도 먹여 줬어야 하는 건데.
20년쯤 지나면 너도 이 아줌마를 이해할 수 있을 거야.

아빠들은 왜

집으로 오는 길에 작은 슈퍼마켓에 들렀다가
잊고 지냈던 기억이 떠올랐다.

늦은 밤, 아파트 근처 작은 슈퍼마켓에는
검은 비닐봉지 가득 하드(아이스바)를 사 가는 아저씨들이 꼭 있다.
오늘 본 아저씨도 한 손에는 맥주 가득,
다른 한 손에는 하드 가득.

우리 아빠도 그랬는데.
술 드시고 오시는 날이면 항상
검은 비닐봉지 넘치도록 사 오신 하드.
알껌바, 메가톤바, 빙빙바, 별난바, 비비빅, 아맛나…
하나같이 내가 싫어하는 맛으로만 잔뜩 담아서.

비비빅, 아맛나 먹고 싶다.

氷
빙빙
맛나
별난바
별난 아이스바
껌바

thank you!

나를 아프게 하지 않으려고

초등학교 때, 일하는 엄마 대신
외할머니가 종종 나를 돌봐주셨다.
친조부모, 외조부가 안 계신 나에게 유일한 할머니.
친구 같았던 할머니에게
잘난척쟁이인 나는 잔소리를 늘어놓곤 했다.

어느 날은 할머니가 린스를 샴푸로 착각하곤
거품이 안 난다며 계속 많은 양을 사용하시는 거다.
나는 샴푸랑 린스도 구분 못 하냐고 할머니에게 타박을 줬다.
지금 생각하면 쪼끄만 게 버릇도 없었지.
그때는 정말 미안했다고, 샴푸 한 트럭 사 드리겠다고,
할머니 사랑한다고 말하고 싶은데
할머니는 내게 기회도 안 주고
내가 열 살 때 너무 빨리 떠나 버리셨다.
할머니와 즐겁고 행복했던 적이 훨씬 많을 텐데,
나는 할머니만 생각하면 이 일밖에 기억이 안 난다.

다른 사람들과도 그렇게 되는 거 아닐까.
좋은 추억도 많을 텐데 고맙다, 미안하다는 말을 못 했던 기억에
힘들어지진 않을까.
할머니 때처럼 후회만 남지는 않을까.
나는 매우 이기적이라,
더 이상 나를 더 아프게 하지 않으려고 한다.

그래서 순간순간 표현하며 살려고.

열아홉 타임머신

힘들었던 마감을 끝내고 나면 친구들과 수다를 떨 수도, 밤새 술 마시며 놀 수도, 멀리 여행을 갈 수도 있지만, 이따금 익산 고향 집에 내려간다. 서울 토박이들은 묻곤 한다. 방해하는 사람이 없으니 서울 집에서도 편하게 휴식을 취할 수 있지 않느냐고.

살고 있는 집에서의 휴식과 살았던 집에서의 휴식은 전혀 다르다. 엄마가 해 주는 따뜻한 밥이 있어서, 인구 밀도가 낮은 조용한 도시라서, 서울 집에 비해 좋고 넓은 집이라서 다른 게 아니다. 그곳은 마치 타임머신을 타고 돌아간 듯 내가 떠나온 열아홉 살 시절로 돌아간 기분을 느끼게 해 준다.

서울에서 보낸 11년의 시간을 통째로 들어내고 과거로 돌아간 느낌.

그곳에는 지난 11년간의 복잡하고 험난한 어른으로서의 기억과 흔적이 묻어 있지 않다. 순수했던 어린 시절과 가족에 대한 기억으로만 채워져 있다. 그동안 살아온 시간은 잠시 멈추고 마지막 방문했을 때의 감정을 이어 가게 된다. 어른인 척하느라 지친 몸과 마음을 되돌리는 시간이다.

그곳에서는 시간을 재는 방식도 다르다. 실제로는 1년이 지났어도 내가 그곳에서 보낸 날은 명절과 부모님 생신, 휴식을 위해 보내는 며칠을 합하면 1년에 20일 남짓이다. 서울 생활을 하며 11년을 보내고 서른한 살이 되는 동안, 그곳에서는 겨우 220일 정도 지났으니 여전히 열아홉 살이다.

어릴 때 쓰던 일기장, 못난이 시절의 사진이 그대로 남아 있는 그곳에서 어린 시절로 돌아가는 건 너무도 쉽다. 현관문을 들어선 순간 시간여행은 시작된다. 나는 이 타임머신을 되도록 오래 간직하고 싶다.

익 산

도플갱어

어릴 때는 같은 반 친구, 옆자리 짝꿍 등
내 의지와 상관없이 나의 인간관계를 누군가 정해 준다.
혼자인 게 두려워, 때론 나와 잘 맞지 않는 그들과 함께
밥을 먹고 팔짱을 끼고 같이 놀고 같이 공부를 하기도 했다.

어른이 된 후 인간관계는 스스로 선택하게 되는데
어릴 때 경험을 바탕으로
자신에게 편한 사람들로 주변을 채워 가기 마련이다.

'사귄다'라는 것이 서로의 다른 점을 이해하고 맞춰 가는 과정이라지만,
이미 직장에서 가족 안에서 서로를 맞춰 가는 것에 신물이 난 이들에게
그 외의 관계에서까지 다른 사람과 맞추려고 노력하는 건
매우 피곤한 일이다.
나에게 편한, 나와 닮은,
취향, 인생관, 관계 맺는 방식이 나와 비슷한 이들이
친구라는 이름으로 채워지고
나와 다른 부분이 많으면
처음부터 친구가 되는 걸 꺼리기도 한다.

그래서 정말 친하다고 생각하는 친구들을 볼 때면
마치 도플갱어를 보는 것만 같더라.

익숙하다는 것

때로는 어떤 사람에 대해
오랫동안 옆에서 지켜본 사람보다
처음 본 사람이 더 잘 파악하기도 한다.

첫 만남에서는 보통
자신과 같은 부류인지 다른 부류인지 알아내기 위해
작은 단서도 집중해서 관찰하곤 한다.
그런 뒤에 '우리는 서로 다른 것 같다'고 생각되면
관계가 더 나아가지 않는다.

가족이나 연인처럼
가까이에서 언제나 옆에 머물렀던 사람들은
관계를 지속하기 위해 서로가 다르다는 점을 인정하지 않는다.
그러면서 서로의 다른 생각이나 표현 방식에 서운해하기도 한다.

인식할 필요가 있다.
우리는 차이의 '익숙함'을 '동질감'이라고
착각하기도 한다는 걸.

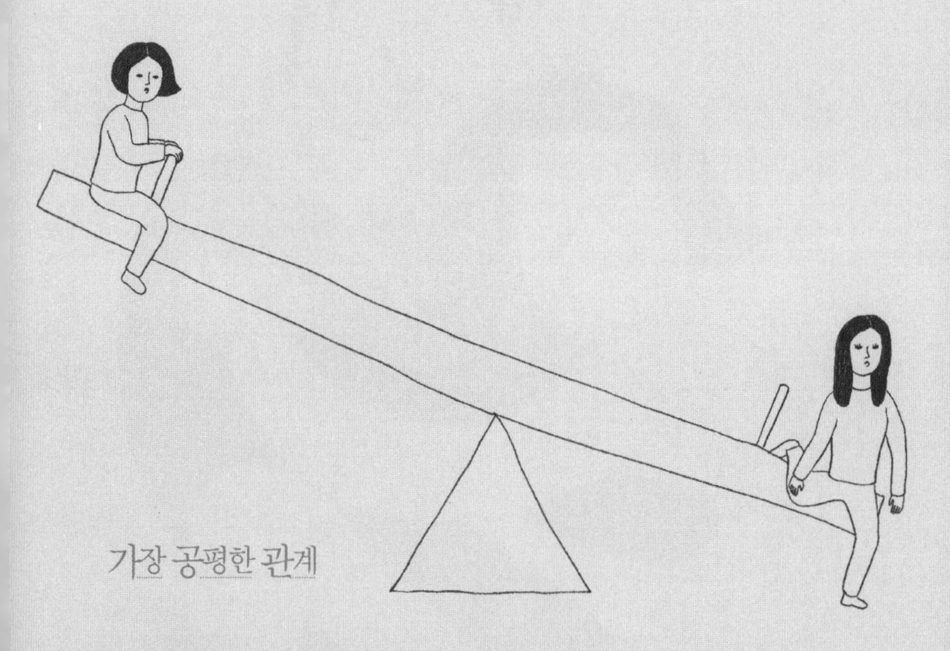

가장 공평한 관계

사랑은 한쪽으로 치우쳐도
더 큰 쪽이 이끌어 주면 어떻게든 앞으로 나아가기도 하고,
짝사랑이란 이름으로 버티기도 한다.

반면 우정이라는 감정은 공평해서
마치 계약관계에 있는 것처럼 보인다.
한쪽이 소홀하면 다른 한쪽도 같이 감정이 식곤 한다.

쌍방 간에 적절하게 균형을 유지해야 하기에
어찌 보면 연인보다도 더 아슬아슬한 관계다.

그래서
사랑에 버림받아도 더 큰 다른 사랑이 채워지면
불균형했던 마음이 안정을 찾기도 하지만,
우정은 한번 배신당하면
다른 친구로 쉽게 채워지지 않는다.

한번 금이 가면

이미 금이 가 있다면 아무리 막으려고 해도
계속 갈라져 깨지는 것은 순식간이다.

상처를 주고 나서 어루만져 주기보다는
처음부터 상처를 주지 않는 게 중요하다.

미움의 무한 연쇄

언제나 그 사람은 나를 괴롭게 해.
왜 그렇게 행동하는지 모르겠어.
나를 이렇게 힘들게 하는 이유가 뭘까. 정말 미워.
본인도 남들에게 미움받고 있다는 걸 알까?

그런데 혹시,
누군가도 나를 이렇게 미워하고 있는데
나만 눈치채지 못하고 있는 거라면?

언제나 처음처럼

직사광선을 피하시오.
일주일에 한 번 물을 듬뿍 주시오.
환기가 잘 되는 장소에 놓으시오.
식물이 자라면 분갈이를 해 주시오.

식물 키우기를 글로 배워서는 실전에 잘 적용할 수 없다.
베란다에 들어오는 빛의 양, 공기, 온도, 습도 등
집집마다 다른 변수들이 생기기 마련이어서,
인터넷에서 찾은 정보로 자신만만하게 도전했다가는 식물을 죽이게 된다.
식물은 내 집의 환경과 내가 키우는 방식에 익숙해질 시간이 필요하고
나도 식물에게 익숙해질 시간이 필요하다.
그 시간이 지나면 식물이 무엇을 좋아하는지 알게 되고,
식물도 내가 영양과 물을 주는 방식에 점점 적응하게 된다.
익숙해지면 알아서도 잘 자란다는 생각이 들어 소홀해지곤 하는데,
그 후에도 절대 관심을 끊어선 안 된다.

연애나 사랑도 마찬가지다.
예상치 못했던 타입의 사람을 만나면 그동안 익혀 온 다양한 방법,
선수인 척 자신만만하게 써 왔던 스킬들은 모두 무용지물이 된다.

평균에 대입하지 말고 상대를 세심히 관찰할 것.
새로운 상황에 적응할 수 있도록 배려해 주고 기다려 줄 것.
내가 아닌 상대가 좋아하는 것들을 해 줄 것.
그리고 서로가 익숙해지더라도 관심을 유지해 줄 것.
마치 화초를 처음 키울 때처럼.

높을수록 깊어져

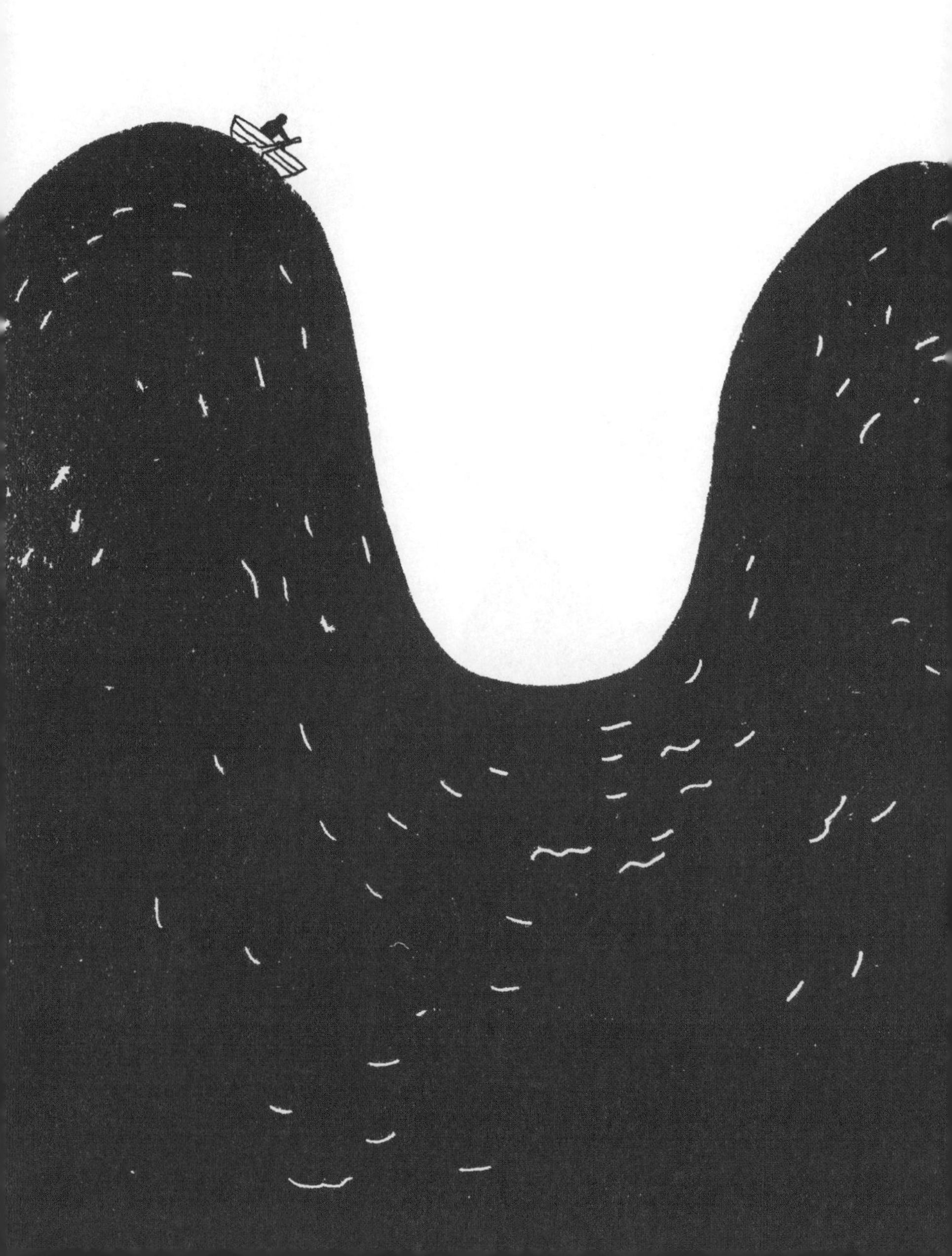

감정은
너울거리는 파도 또는 튀어 오르는 공과 같아서
높게 오르면 그만큼 깊이 떨어진다.

잔잔했던 관계가 끝나면 아픔도 고요히 밀려오지만
열정적이고 뜨거웠던 관계가 종지부를 찍을 때는

끝이 보이지 않는
깊은
바닥으로
떨어진다.

인연날리기

처음에는 전속력으로 뛰어야 해.
바람에 타고 오를 수 있도록 최선을 다해서.

그 후에는 바람에 휘날리는 연을 감상하면서 뿌듯하고 벅찬 마음이 들지.
그런데 그 기쁨을 누리고 있을 때쯤
나무에 걸리지는 않을까, 다른 연과 뒤엉키지는 않을까
조바심이 나고 불안하기도 해.
떨어질 것만 같은 불안감이 커져서
그 전에 더 높이 더 멀리 날려야겠다는 욕심이 드는데,

그 순간 실이 다 풀어져 영영 날아가 버리곤 하더라.

네가 있었던 곳

음식을 배불리 먹었는데도 허기가 채워지지 않는 건
배 속에 마음의 공간이 너무 넓게 자리 잡고 있어서인가 봐.

취중진담

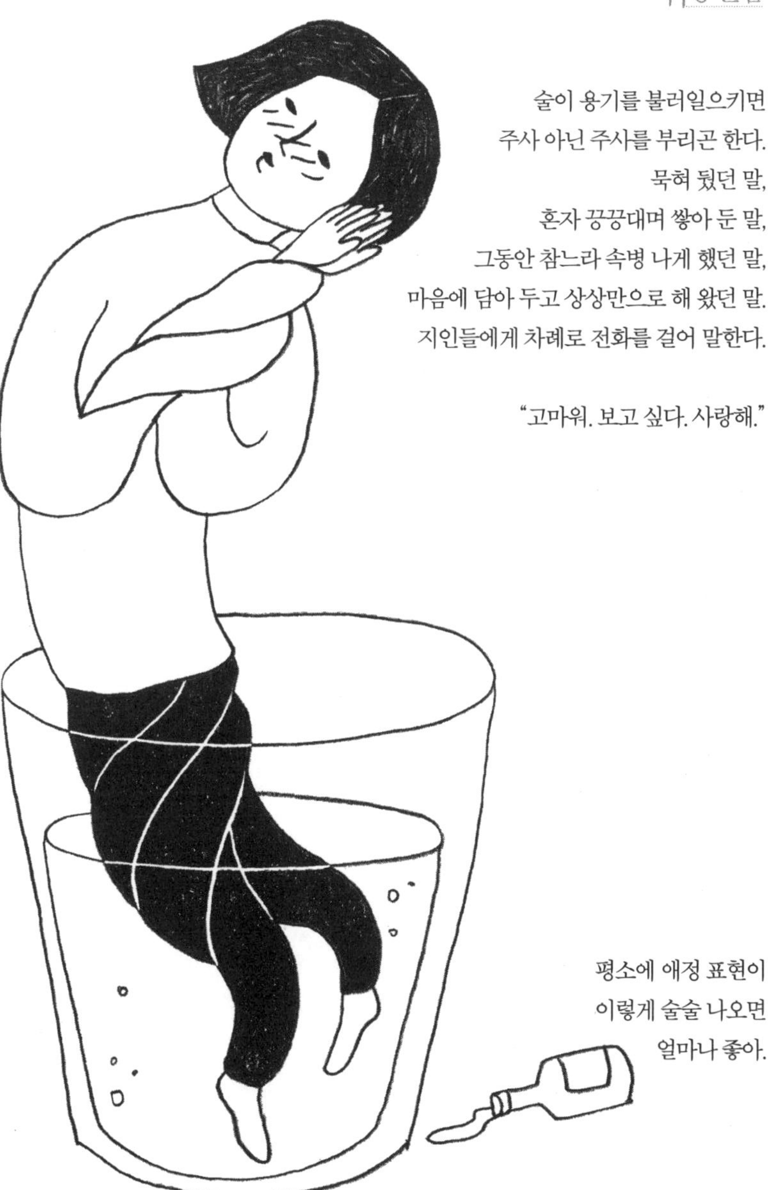

술이 용기를 불러일으키면
주사 아닌 주사를 부리곤 한다.
묵혀 뒀던 말,
혼자 끙끙대며 쌓아 둔 말,
그동안 참느라 속병 나게 했던 말,
마음에 담아 두고 상상만으로 해 왔던 말.
지인들에게 차례로 전화를 걸어 말한다.

"고마워. 보고 싶다. 사랑해."

평소에 애정 표현이
이렇게 술술 나오면
얼마나 좋아.

성급한 일반화는 사양함

사람들은 여자를 두 부류로 나누고 싶어 하는 것 같다.

"요즘 연애해?"라는 소리를 들을 때는
가르마를 바꿔 봤다거나,
그날 입은 옷이 잘 어울렸거나,
전날 피부 마사지를 받아 화장이 잘 받았거나
작업비가 입금돼서 표정이 밝았던 날이다.
대부분은 만나는 사람 없이 혼자 지내고 있을 때다.

"남자 친구랑 헤어졌어?"라는 소리를 들을 때는
마법 기간이라 피부가 푸석하거나,
진행하고 있는 프로젝트의 무리한 일정으로 밤샘 작업 중이거나,
아이라인을 그리지 않았거나,
전날 술자리를 3차까지 달린 날이다.
대부분은 남자친구와 여전히 잘 지내고 있을 때다.

왜 자꾸 연애할 때와 연애 안 할 때로만 구분 지으려 하는 걸까?
난 누군가와 함께일 때도, 혼자일 때도
언제나 빛나고 있는데.

두리 씨 요즘 연애해? 얼굴이 확 폈는데.
아닌데요.
아닌데요.
아닌데요.
아닌데 기분이 좋아요.
남자 친구랑 헤어졌어? 얼굴이 안 좋아 보이네.
아닌데요.
아니거든요.
아닌데...
아니라니까!

도토리묵 무침을 하려고 돌나물을 한 봉지 사 왔는데
달팽이 한 마리가 들어 있었어.
손님맞이 음식 준비로 정신이 없어, 싱크대 하수구에
버렸는데, 어느새 달팽이가 하수구에서 올라와
주방을 기어 다니고 있는 거야.

살아 보겠다고 꼬물거리는 이 아이를
또다시 버릴 수 없어서 우선 작은 유리병에 넣어 뒀어.
그런데 살았는지 죽었는지, 갇힌 환경에 잘 적응하는지
나도 모르게 걱정이 돼서 자꾸 들여다보게 되네.
다행히 다음 날 똥을 한 무더기로 싸아 놓은 걸 보니 어찌나 기특하던지.

그리고 남겨 놨던 돌나물 봉지에서
한 마리를 더 발견했어.
이 아이도 냉장고의 낮은 온도에서도 살아남은 거야.
두 아이를 자연으로 보내 줄까 고민하다가
본격적으로 흙도 깔고 집을 만들어 줬어.
이렇게 달팽이 식구가 생겨 버렸네.

책임지는 게 싫어서 반려동물은 안 키웠는데,
너희는 '어절 수 없이' 키우게 됐으니
'철수(쩔수)'와 '업시(없이)'라고 불러야겠다.

달팽이 집 뚜껑에 숨구멍을 뚫어
위생 비닐 포장 랩으로 덮어 놨는데
철수가 그 랩을 좋아해.

달팽이는 흙을 좋아한다고 들었는데 밥 먹을 때만 땅에 내려오고
그 외 시간은 천장에 붙어서 돌아다녀.
심지어 잠도 랩에 매달려서 자.

미끄럽고 흐물거리면서 야들야들하고
투명한 살결이 좋은가 봐.
이 아이가 뭘 좀 안다니까.
(달팽이가 매달리는 습성이 있다는 것은
한참 후에야 알게 됐다.)

<몸의 끝에 항문이 있다면>

철수와 업시를 키우면서 알게 된 사실은
달팽이의 똥구멍은 몸 끝이 아닌
안으로 말려 들어간 등껍질 쪽에 있다는 거야.
사람의 항문은 발가락에 있는 게 아닌데
왜 달팽이만 항문이 몸 끝 부분에 있을 거라고 생각했을까.

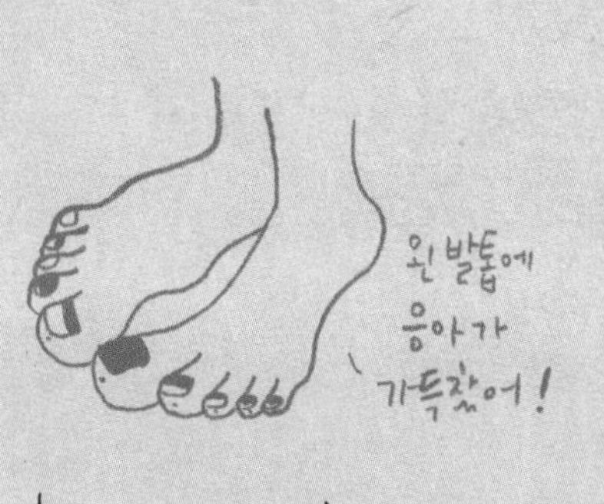

바지 벗을 필요 없이
신발만 벗으면 돼!
아, 양말도...

철수와 업시가 상추만 먹으면 질릴까 봐,
당근, 두부, 오이, 사과를 사 왔다.

어느새 내 반찬은 철수랑 업시에 맞춰서.

달팽이 껍데기가 단단해야 높은 곳에서 떨어져도 깨지지 않고
건강하게 자란다는 소리를 들었어. 난각 분말이 달팽이 몸에 좋다길래
직접 만들어 봐야겠다 싶었지.

달걀 껍데기를 소독하기 위해 식초로 잘 씻고,
흰 막을 정성스레 벗기고, 햇볕에 바싹 말린 후,
곱게 빻고, 빻고, 빻고, 빻고……

내가 먹는 음식 손질도 이렇게까지는 안 하는데 말이지.

이것들이 먹여 주고 재워 준 은혜도 모르고
크리스마스 날 짝짓기를 하고 앉아 있네.
나만 빼고 사랑이 넘치는구나.
에헤라디야—

철수와 엽시가 기다리고
기다리던 알을 낳았어.

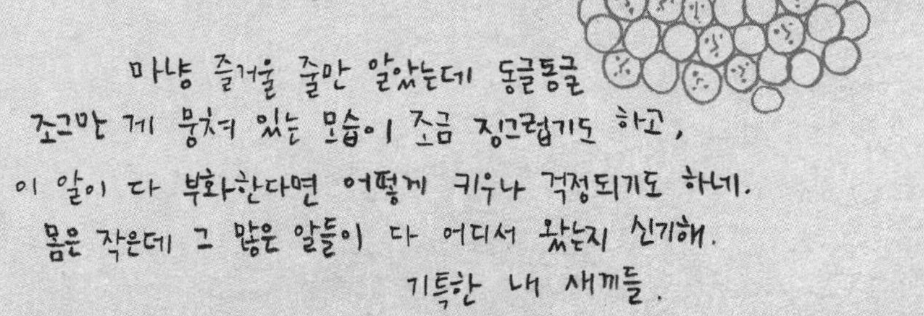

마냥 즐거울 줄만 알았는데 동글동글
조그만 게 뭉쳐 있는 모습이 조금 징그럽기도 하고,
이 알이 다 부화한다면 어떻게 키우나 걱정되기도 하네.
몸은 작은데 그 많은 알들이 다 어디서 왔는지 신기해.
기특한 내 새끼들.

고향에 내려갔다가 갑자기
맹장 수술을 하는 바람에
예상치 못하게 집을 한동안 비우게 됐어.

누구에게 돌봄을 부탁할 새도 없이
철수와 업시는 내팽개쳐졌어.
먹이를 넣어 주지도 않았고
흙은 바싹 마를 것이 분명했지.

알을 낳고 힘이 빠진 건지, 말라죽은 건지
내가 돌아왔을 때는 이미 철수의 껍데기가 텅 비어 있었어.
철수는 집 놔두고 어디 간 걸까.

업시는 물을 뿌려도 가만히 있어서 죽은 줄 알았는데
시간이 조금 지나니 힘들게 꿈틀대며 깨어났어.

내가 언제 또 이런 상황을 만들지 모른다는 두려움과
내 욕심에 플라스틱 통에 가둬 둔 건 아닌가 하는 생각이 들어서
업시를 이제 진짜 자신의 집으로 돌려보내 주려고.
내가 다시 혼자 남는 게 두렵다고 업시를 혼자 둘 순 없잖아.

내 인생 첫 반려동물아, 안녕.

오늘도 꿈틀꿈틀
* *몽글몽글 숨 쉬는
드리의 방
각오와 좌우명이 적힌 메모지들.
'작은 것에 감사하자'
'나무는 꽃을 버려야 열매를 맺고, 강물은 강을 버려야 바다에 이른다.'
나르시시즘을 드러내는 내 사진들
햇빛 가림용 포스터
잡동사니를 박아놓은 서랍장 우선 내 눈에 안 보이면 그만
창고가 돼가는 곳. 밖 풍경이 점점 가려지고 있음.
작업하는 방
작업한 그림들. 소중한 보물 1호
2미터 길이의 책상이나 작업하기에는 매번 너무 비좁음.
애인보다 더 오래 붙어있고, 하루종일 내 몸을 의지하는 곳. 몸을 생각해 큰맘먹고 구입했던 '에어론 체어'
책장이 부족해 갈 곳 잃은 불쌍한 책들
가진 것중 가장 비싼 재산 목록. 컴퓨터. 컴퓨터 가격보다는 여기에 담긴 작업기록들을 잃어 버린다면 미칠지도 모름.

매미가 사랑하는 방충망
옷은 바깥쪽에 속옷은 안쪽에,
속사정은 소중하니까
12년째 커튼 없이 지냄. 해 뜨면 저절로 눈도 떠짐.
살포시 보이는 내 아가들
퀸 사이즈도 아닌 '킹'사이즈 침대에서 혼자 뒹굴곤 함
주워도 주워도 생겨나는 머리카락
악몽 꿨을때 안고 자는 토끼 인형. 언니가 시집 간 후로 구입
침대와 마주하고 있는 화장대 거울. 새벽에 자다 깨서 헛것을 보고 놀라기도 하나, 더 무서운 것은 아침에 일어나 푸석하고 부은 내 얼굴이 무방비 상태로 비칠 때
잠자는 방
침대 밑을 좋아하는 먼지 괴물들
위 칸에는 양말, 속옷 등이 들어있으나, 이곳은 아플때 바로 손 뻗으면 닿을 수 있는 상비약 칸
작업하는 방을 넘어 여기도 쌓여있는 그림들

자취 12년차 싱글녀의
웃픈 서울살이, 웃픈 서른살이
혼자 사는 여자

1판 1쇄 발행 2014년 10월 10일
1판 2쇄 발행 2015년 1월 5일

지은이 백두리
펴낸이 고영수

경영기획 고병욱 기획 · 편집 노종한 허태영
외서기획 우정민 마케팅 유경민 김재욱 제작 김기창
총무 문준기 노재경 송민진 관리 주동은 조재언 신현민

펴낸곳 추수밭
등록 제406-2006-00061호(2005.11.11)
주소 135-816 서울시 강남구 도산대로 38길 11(논현동 63) 청림출판 추수밭
413-120 경기도 파주시 회동길 173(문발동 518-6) 청림아트스페이스
전화 02)546-4341
팩스 02)546-8053

www.chungrim.com
cr2@chungrim.com

ISBN 979-11-5540-025-8 03810

• 잘못된 책은 바꿔 드립니다.